Annas Brief

oder

Weihnachtswunder für alle

Rieke Kief

ISBN: 9798864081532

Imprint: Independently published

Für alle, die an den Zauber von Weihnachten glauben.

INHALTSVERZEICHNIS

Selbstgemachter Eierlikör

7 Eigelb
200 g Zucker
2 Päcken Vanillezucker
(oder eine ausgekratzte Vanilleschote
und einen gehäuften Esslöffel Zucker)
200g süße Sahne
250ml (Doppel-)Korn

Eigelb, Zucker und Vanillezucker auf dem Herd unter Rühren etwa fünf Minuten erwärmen, anschließend die Sahne und den Korn untermischen und noch ein bisschen weiterrühren. Noch heiß in Flaschen abfüllen und kühl aufbewahren.

Lindas Eierpunsch

750ml Eierlikör, jeweils ein halber Liter Weißwein und Orangensaft und Gewürze nach Belieben in einen Topf geben und erwärmen

ERSTES KAPITEL

„Ist das dein Ernst?“ Dieses Angebot war einfach nur absurd. Nein, mehr als das, es war komplett bescheuert. Genau wie die ganze Situation. Ich stand im Büro von Natalie, mit der ich seit fast fünf Jahren befreundet war und in deren Firma ich ebenso lang arbeitete. Und die genau wusste, was ich von diesem Job halten würde.

Eigentlich hatte ich BWL studiert, wozu ich mich nur durchringen konnte, weil eigentlich alle in meiner Familie diesen Studiengang gewählt hatten und ich nach dem Abi absolut planlos war, was mein zukünftiges Berufsleben anbelangte.
Josefine, danach steht dir doch alles offen! Noch immer hatte ich die Worte meiner Eltern im Kopf, die natürlich hocherfreut über meine Wahl -oder besser gesagt, über meine Resignation- waren und dies auch mit einem strahlenden Lächeln zum Aus-

druck brachten, als sie mich vor dem Studentenwohnheim abgesetzt hatten und -sehr viel schneller als erwartet- mit offenen Fenstern und winkenden Händen davongebraust waren.
Dass ich nicht wusste, was ich aus meinem Leben, beruflich gesehen, machen wollte, hatte sich bis heute nicht geändert, weswegen ich eigentlich ziemlich zufrieden mit meinem Job war. Oder genauer gesagt, mit meinen Jobs. Natalie und ich hatten uns kennengelernt, als sie an der Uni Flyer für ihre neu gegründete Firma verteilt hatte. Wir kamen ins Gespräch, verabredeten uns auf einen Kaffee und schon ein paar Wochen später war ich eine der ersten offiziellen Mitarbeiterinnen ihrer Zeitarbeitsfirma. Mit mehr Urlaub und insgesamt besseren Konditionen als alle anderen sie bekommen hatten. Ehrlich gesagt kam mir diese Unbeständigkeit, die Abwechslung der sich ständig ändernden Arbeitsplätze doch sehr entgegen. Es wurde nie langweilig, und wenn ich von einer Firma die Nase absolut und gestrichen voll hatte, regelte Natalie das für mich und ich konnte meistens schon am nächsten Tag irgendwo anders anfangen.

„Komm schon Josie, schlimmer als das Kacketauchen kann's nicht werden, oder?" Natalie grinste bis über beide Ohren und wedelte mit den Unterlagen vor meinem Gesicht herum.

„Sag mal, wie lange kennen wir uns jetzt? Ich würde tausendmal lieber den ganzen Tag in Fäkalien baden, als *das da* zu tun!“ Angewidert zeigte ich mit dem Finger auf die Papiere. „Und das sogar ohne Anzug.“

Okay, der Job in der Kläranlage war wirklich heftig gewesen. Bis ich mich letztendlich dazu überwinden hatte können, in das runde Becken mit der abartig stinkenden, trüben Brühe zu steigen, war der erste Arbeitstag fast vorüber gewesen, aber das hier …

Sie ignorierte meinen mehr als abschätzigen Blick, mit dem ich nun nicht nur die Papiere, sondern auch sie selbst bedachte und drückte mir die Zettel entschlossen gegen die Brust.

„Hier, nimm. Wegbeschreibung steht mit drauf. Sind doch nur ein paar Wochen, pünktlich zu Heiligabend bist du wieder hier.“

Als ob es das besser machen würde.

Aufmunternd strich sie mir über den Arm, auf dem sich augenblicklich alle Härchen aufstellten. „Vielleicht tut dir das ganz gut, deine Abneigung gegen alles, was mit Weihnachten zu tun hat, ist nach der langen Zeit wirklich nicht mehr normal.“

Ohne ein weiteres Wort und erhobenen Hauptes schritt ich zur Tür, und bevor ich ihr Büro verließ, warf ich ihr den vernichtendsten Blick zu, den ich unter den gegebenen Umständen zustande brachte.

ZWEITES KAPITEL

„Himmelberg, was für eine Farce“, stöhnte ich, während ich mit der einen Hand das Lenkrad umklammerte und mit der anderen das Radio leiser drehte. Bergig war hier überhaupt nichts, im Gegenteil. Die letzten fünfzig Kilometer war der höchste „Berg“, den ich gesehen hatte, ein gigantischer Misthaufen gewesen, der einsam in der klirrenden Kälte vor sich hin dampfte.

Nachdem ich das Ortsschild passiert hatte, fuhr ich die kleine Hauptstraße entlang, an der nach etwa dreihundert Metern auf der linken Seite mein Hotel liegen sollte. Zumindest, wenn man der ausgedruckten Beschreibung von Natalie Glauben schenkte; in der Realität erschien genau in dem Moment, in dem die besagten dreihundert Meter erreicht waren, das gelbe Schild, das das Ende dieses Kaffs markierte.

„So eine Scheiße!" Fluchend steuerte ich meinen Wagen an die Seite zwischen die Leitpfosten ins Gras, schaltete in den Leerlauf und zog die Handbremse mit einem Ruck bis zum Anschlag nach oben.
Ich fuhr gerne Auto, am liebsten schnell und auf der Autobahn. Landstraße ging auch noch, aber in irgendwelchen kleinen Dörfern irgendwelche Zielobjekte zu finden, auf die ich sowieso absolut keine Lust hatte, gehörte definitiv nicht zu den Dingen, die ich gerne tat.

Grade, als ich mein Handy aus der schwarzen Handtasche, die neben mir auf dem Beifahrersitz lag, gekramt hatte und in der Anrufliste auf Natalies Namen drücken wollte, hielt direkt neben mir ein großes, knallrotes und ziemlich in die Jahre gekommenes Auto. Am Steuer saß ein Typ, ungefähr so alt wie ich, der sich lächelnd in meine Richtung über den Sitz beugte, eine rotierende Handbewegung machte und dann das Fenster auf der Beifahrerseite herunterkurbelte. Ich drückte auf den Knopf, und als die Scheibe meines Auto ebenfalls ein Stückchen heruntergefahren war, schallte auch schon seine tiefe, ein bisschen raue und für meinen Geschmack viel zu fröhliche Stimme zu mir herüber.

„Moin."

Wow.

Sein Lächeln wurde breiter, und wenn mir nicht grade die ätzendste Zeit des ganzen Jahres bevorstehen würde oder wir zumindest an irgendeinem Ort der Welt gestrandet wären, an dem niemand das Wort Weihnachten jemals auch nur gehört hatte, hätte ich dieses Lächeln vielleicht sogar attraktiv gefunden. Wenn sich seine Mundwinkel nach oben bewegten, bekam er ein winziges Grübchen an der Wange. Und seine Augen waren wirklich ziemlich blau, irgendwie tiefgründig, und sie strahlten regelrecht, als er …

„Du musst die neue helfende Hand im Weihnachtsmannpostamt sein, oder?"

Bäm, voll ins Schwarze getroffen.

Weihnachtsmannpostamt. Wie lächerlich sich das anhörte.

„Meine Güte, warum kann man das Ganze nicht einfach Briefzentrum oder so nennen?" Augenverdrehend nahm ich Natalies Zettel in die Hand. „Wenn man schon so einen Quatsch aufzieht", fügte ich noch hinzu, allerdings etwas leiser, denn sein Blick wurde schon bei meinen ersten Worten merklich kühler.

„Du bist ja gut drauf." Er bewegte seine Hand wieder zur Kurbel. „Dann bis morgen. Im *Weihnachtsmannpostamt.*" Seine Betonung lag definitiv auf dem letzten Wort.

„Moment!" Wenn der Typ schon hier war, könnte ich mir auch den Anruf bei Natalie sparen und einfach ihn nach dem Weg fragen. „Wie komm ich denn zum Hotel Zuckerstange?" Schon beim ersten Mal, als ich diesen unglaublichen Namen gelesen hatte, stieg Übelkeit in mir auf. Vielleicht wurde ich jetzt grün, dann wäre meine Wandlung zum Grinch endgültig abgeschlossen.

Jetzt verdrehte er die Augen.

„Fahr mir einfach hinterher", seufzte er, schloss das Fenster und wendete auf der schmalen Straße in nur zwei Zügen. Ich brauchte vier, um nicht im

Graben zu landen, schloss aber schnell zu ihm auf und folgte ihm in Richtung Ortsmitte.

Die Fassaden der Geschäfte, die die mit Kopfstein gepflasterte Straße säumten, waren in verschiedenen Pastelltönen gestrichen. Über so gut wie jeder Eingangstür hing eine kleine, goldene Metallglocke und über den Schaufenstern waren gusseiserne Halterungen angebracht, an denen ziemlich altmodische Schilder hingen, die mit verschnörkelter Schrift entweder den Namen des jeweiligen Ladens trugen oder das, was es dort vorwiegend zu kaufen gab.
Dick in Winterjacken und Mützen eingemummelte Leute standen auf einem winzigen Platz, auf dem auch eine verhältnismäßig große, ausladende Tanne ihr -für den Ruf dieses Dorfes- überraschenderweise ungeschmücktes- Dasein fristete. Die Menschen lachten und hatten vor Kälte rote Nasen. Viele von ihnen hielten bunte Tassen mit dampfendem Inhalt in den Händen und unterhielten sich, während ein paar kleine Kinder um den Baum rannten und Fangen spielten. Als sie unsere

Minikolonne entdeckten winkten sie uns fröhlich zu, und durch meine Windschutzscheibe konnte ich sehen, dass mein blauäugiger Wegweiser ebenfalls mit der Hand vor sich in der Luft herumfuchtelte. Von irgendwoher drangen trotz der geschlossenen Scheiben meines Autos die Klänge eines Chors an mein Ohr, der mehrstimmig etwas zum Besten gab, das entfernt an *Angels we have heard on high* erinnerte. Das „Gloria" des Refrains klang wie das abgehackte Ho, ho, ho des blutjungen, verkleideten Anwalts, der jedes Jahr am 24. in Natalies Büro sein Gehalt aufbesserte und uns Walnüsse und Mandarinen vor die Füße warf, während er ein selbst gereimtes Gedicht aufsagte und dabei ganz rot wurde.

„Da wird's einem ja schlecht", stöhnte ich leise und drehte das Radio wieder lauter. Mit *We're not gonna take it* von Twisted Sister im Ohr ertrug ich es dann grade so, inmitten der heiteren Menschen hinter dem roten Auto nach rechts in eine Sackgasse abzubiegen, und als wir am Ende der Straße schließlich anhielten und ausstiegen, war meine

Laune fast schon wieder im neutralen Bereich angelangt.

„Hier ist es. Ich sag Linda Bescheid, dann kannst du schon mal dein Gepäck ausladen. Ich trag's dir gleich hoch."
Er war schon bei der Treppe, die hoch zur Haustür führte, angelangt und nahm die drei Steinstufen mit einem einzigen Schritt.

„Danke, sehr freundlich von dir", rief ich ihm hinterher, drehte mich zum Kofferraum und hievte meine beiden vollgestopften Koffer aus dem Auto.

„Herzlich willkommen bei uns in der Zuckerstange, Josefine. Ich bin Linda und ich hoffe, es ist okay, wenn wir uns duzen? Hier ist alles sehr persönlich, jeder kennt jeden und so. Du weißt schon."
Die Frau, die hinter dem Typen, von dem ich immer noch nicht wusste, wie er hieß, in das mir zugeteilte Hotelzimmer kam, war um die sechzig und hatte ein so herzliches Gesicht, dass ich automatisch zurücklächeln musste.

„Natürlich ist das okay, aber bitte nenn mich Josie. Ich werde zwar nicht lange hier sein, aber selbst das eine Josefine grade war eins zu viel."

„Josie also, abgemacht.“ Ihr Lachen klang warm und ihre Augen versprühten eine Behaglichkeit, die mich sofort umhüllte. Sehr merkwürdig, so schnell hatte ich mich noch nie wieder wohl gefühlt, wenn ich kurz zuvor noch miese Laune gehabt hatte. Innerlich machte ich Natalie ein Kompliment für ihre Hotelwahl, auch, wenn ihre Wegbeschreibung hinten und vorne nicht gestimmt hatte und trotz dieses schrecklichen Namens.

„Du hast doch bestimmt Hunger nach der langen Fahrt, oder? Aber jetzt lassen wir dich erstmal in Ruhe auspacken, Essen ist in einer halben Stunde fertig. Einfach die Treppe wieder runter und dann nach rechts, da ist der Speisesaal.“

Bevor ich antworten konnte, hatte sie sich schon zum Gehen gewandt.

„Thies, kommst du?“

„Bitte? Ich wollte noch schnell unter die Dusche springen und danach dann …“

„Schon gut“, lachte sie, reckte sich ein Stückchen in die Höhe und legte ihre Hand auf die Schulter des Mannes, der immer noch wie angewurzelt im Türrahmen stand und seinen Blick auf mir ruhen ließ.

„Ich meinte ihn hier."
Ich spürte, wie meine Wangen heiß wurden. Thies war scheinbar ein Name, und obwohl ich natürlich wusste, dass hier oben an der Nordsee nicht wirklich viele Menschen Sepp oder Resi hießen, hatte ich ihn erstens noch nie gehört und zweitens klang das bei Linda grade eher wie irgendein Wort auf Plattdeutsch. Für mich zumindest.
Das war ein neuer Rekord, ich war grade mal fünf Minuten hier und hatte mich schon blamiert. Er riss seinen Blick endlich von mir los, tippte sich kurz zum Gruß an die Stirn und verließ wortlos mit Linda, die immer noch lächelte, das Zimmer.

DRITTES KAPITEL

„Das war die weltbeste Fischsuppe, die ich jemals gegessen hab." Zugegebenermaßen auch die einzige, aber das musste ich ja nicht herausposaunen. Laut Linda war das hier ein typischer Eintopf, den die Leute in der kalten Jahreszeit gerne aßen, was ich absolut verstehen konnte.

Ich hatte grade den Löffel in die leere Schale gelegt und mir die Lippen mit der hübsch gefalteten, weißen Stoffserviette abgetupft, als wir die Eingangstür ins Schloss fallen hörten. Kurz darauf betrat dieser Thies den Raum.

„Na mein Lieber, hat alles geklappt?" Linda eilte aus der Küche herbei und hielt zwei Teller in den Händen, einen dritten balancierte sie auf ihrem linken Arm. Thies, der grade seine dicke Winterjacke an einen der Haken in der Wand, die als Garderobe dienten, gehängt hatte, nahm sie ihr ab und stellte jeweils einen vor mich und vor Linda auf den Tisch.

„Möchtest du dich nicht zu uns setzen?“ Einladend klopfte meine Gastgeberin auf den gepolsterten Stuhl neben ihr, doch Thies, dessen dunkelblaue Wollmütze fast über seine Augen gerutscht war, schüttelte den Kopf.

„Sorry Tantchen, keine Zeit.“

Aha, er war also Lindas Neffe. Das erklärte, warum er schon wieder hier aufgetaucht war. Für einen kurzen Moment hatte ich gedacht, dass ... Nunja, dass er vielleicht wegen mir ... Aber das war natürlich Quatsch, schließlich war ich nicht sehr freundlich zu ihm gewesen, obwohl er mir ja nur helfen wollte. Und außerdem war er auch überhaupt nicht mein Typ. Er wohnte hier in diesem Weihnachtsdorf und war zudem scheinbar auch ziemlich stoffelig und wortkarg, was ich überhaupt nicht leiden konnte. Auch deswegen war ich nicht begeistert von dem neuen Job gewesen, den Norddeutschen sagte man das ja allgemein nach - wobei das auch ein Vorteil sein konnte, ich war schließlich nicht hier, um irgendwelche Freundschaften zu schließen.

Den Nachtisch, ein superleckeres Apfelkompott - von Haus aus ohne Rosinen, unglaublich!- mit ordentlich Schuss und irgendeinem Gewürz, das mir zwar bekannt vorkam, dessen Geschmack ich aber überhaupt nicht zuordnen konnte, schlang er im Stehen hinunter und noch bevor Linda und ich die Hälfte unseres Kompotts gegessen hatten, war er schon samt Jacke und nur mit dem obligatorischen Fingergruß in die dunkle, kalte Nacht verschwunden.

„Nimm's ihm nicht krumm, Josie, der Junge hat's nicht leicht. Und jetzt ruh dich aus, morgen Früh geht's ja so richtig los, hmm?"

Das, was als Frage formuliert war, war leider eine Tatsache, und auch, wenn ich nach wie vor keine Lust auf das hatte, was mich ab morgen erwartete, würde mein Wecker um kurz vor fünf klingeln.

Eingemummelt in wahnsinnig dicke, herrlich weiche und duftende Bettwäsche schlich sich für ein paar Sekunden das Bild von Thies in meine Gedanken, während ich an die weiße Zimmerdecke starrte. Thies, wie er vorhin in der Tür stand.

Dieser Blick aus seinen dunklen, blauen Augen, die mich irgendwie nicht mehr losließen. Bevor ich weiter darüber grübeln konnte, warum dem so war, glitt ich so sanft wie schon lange nicht mehr hinüber ins Reich der Träume.

VIERTES KAPITEL

„Na, auch schon da?"
Da waren sie wieder, die blauen Augen, die mich auch während der Nacht hin und wieder begleitet hatten. Sie wirkten wieder so kalt wie gestern, und fast schien es mir, als würde Thies meinen Blick meiden.

„Guten Morgen, ich hab verschlafen. Tut mir echt leid." Ich unterdrückte ein Gähnen.

„Habt ihr hier irgendwo Kaffee?"
Suchend blickte ich mich auf der matschigen Wiese, die als Parkplatz vor meinem neuen Arbeitsplatz auf Zeit diente, um.
Er streckte mir dir rechte Hand entgegen, in der er eine rote Tasse hielt. Sie dampfte, und als ich meine Finger dankbar um die heiße Keramik schloss und der betörende Duft nach frisch gebrühtem Kaffee meine Nase erreichte, schloss ich die Augen und

atmete ganz tief ein. Für einen klitzekleinen Moment dachte ich nicht an das, was mir hier bevorstand, sondern spürte nur die warmen Strahlen der Wintersonne, die sich immer wieder ihren Weg durch die weißen, aufgebauschten Schäfchenwolken am morgenblauen Himmel bahnten und hörte nichts anderes als die Möwen, die kreischend weit oben über uns kreisten. Für diesen einen klitzekleinen Moment war meine Welt in Ordnung und ich war einfach nur ich. Und alleine mit mir selbst.

Genau so lang, bis mich ein Glucksen zwang, meine Augen wieder zu öffnen und an all das zu denken, was ich nicht leiden konnte. Gut, fast alles, denn Thies lehnte neben mir an meinem Auto, sein Arm nicht einmal zehn Zentimeter entfernt von meinem und sein Grinsen, das nicht, wie ich eigentlich erwartet hatte, einen Hauch von Abfälligkeit zeigte, sondern eigentlich sogar ziemlich süß war, brachte mich zum Erröten. Himmel, was war nur mit mir los? Ein norddeutscher Bär mit wettergegerbtem Gesicht, blauen Augen und blöder Pudelmütze reichte aus, um mich in Verlegenheit zu bringen? Nach allem, was passiert war? Okay, wettergegerbt war ein bisschen übertrieben und eine

Mütze mit Bommel gehörte auch zu meinem Reisegepäck, aber trotzdem.
Mensch Josie.
Schnell wandte ich meinen Blick von ihm ab und begutachtete meine braunen Stiefel, mit deren Spitze ich, immer noch ziemlich verlegen, einen kleinen Kieselstein zur Seite kickte.

„Hey, alles gut, ich bin genauso. Ohne Kaffee geht bei mir morgens gar nix."

„Ja, der Kaffee. Ohne hat man keine Chance, oder?"
Sehr nett von ihm, mir so aus der Patsche zu helfen, denn ich war mir ziemlich sicher, dass er zumindest ahnte, dass nicht mein exzessiver Kaffeekonsum allein ursächlich für meine etwas zu roten Wangen war.

„So, was muss ich tun?" Viel zu überschwänglich warf ich die Hände in die Luft, wobei die heiße Flüssigkeit über den Rand der Tasse auf meinen kurzen Rock und seine Jeans schwappte.
Er quittierte den braunen Fleck, der sich länglich auf seinem Oberschenkel ausbreitete, mit einer hochgezogenen Augenbraue und einem leichten Kopfschütteln, sah dabei aber in keinster Weise

sauer aus und ich hatte glücklicherweise aufgrund der Minusgrade eine dicke Strumpfhose angezogen, weshalb alles glimpflich ablief, ich keine Brandwunden davontrug und einfach hinter ihm durch die schwere Metalltür, die er mir -ganz gentlemanlike- aufhielt, ins Innere des Gebäudes schlüpfte.

Was sich vor einer Minute noch angefühlt hatte wie ein sanfter, wohliger Wintertraum, wurde beim Anblick des Trubels in der überraschend großen Halle zu einem Gefühl, als wäre ich in einem grotesken Freizeitpark aus irgendeinem Gruselfilm gelandet. Wirklich überall und in jeder Ecke herrschte emsiges Treiben. Lautes, fröhliches Gelächter mischte sich mit Glühweingeruch und dem ohrenbetäubenden Dröhnen eines glockenklingenden Weihnachtslieds. Beides und überhaupt alles ließ das Blut in meinem Kopf herumsausen und mein Hirn Achterbahn fahren, bis mir ganz schwindelig wurde.
Die Wände waren vor lauter Tannenzweigen, riesigen, bunten Weihnachtskugeln und anderen De-

koteilen fast nicht mehr zu sehen und auch zwischen den bodentiefen Fenstern mit den angelaufenen Scheiben hingen riesige, dunkelrote Schleifen. Und weil das alles anscheinend für diesen Ort noch nicht genug war, stand in der Mitte der Halle ein Tannenbaum, dessen krumme Spitze bis zur Decke reichte und der ebenfalls komplett überladen war mit allerlei Glitzerzeug, Kugeln, Schaukelpferdchen und -ich bekam fast einen Kotzkrampf-funkelndbuntem Lametta.

„Willkommen im Weihnachtszimmer!", brüllte Thies mir über den Lärm hinweg ins Ohr, blickte in die Menge und strahlte dabei übers ganze Gesicht.

Ich musste mich festhalten, griff blindlings um mich und erwischte grade noch den Ärmelsaum seiner Jacke. Fast im gleichen Moment spürte ich seine großen, warmen Hände, die meinen Oberkörper umschlangen und mich vorsichtig wieder in die Senkrechte zogen. Er hielt mich ganz fest. So fest und eng an ihm, dass mein Gesicht in der Kuhle zwischen seinem Kopf und seiner Schulter lag und mir sein Duft in die Nase stieg, und sofort wurde das Schwindelgefühl ein kleines bisschen

weniger schlimm. Wie gut er roch …
Nach Sonne und nach salzigem Meer, nach Wind und Wald und nach heißer Schokolade und …

„Josie, alles okay mit dir?“
Langsam öffnete ich die Augen wieder und sah seine direkt vor meinen.

„Ähm, ja klar, es ist nur, weil …“
So besorgt, wie er grade wirkte, hatte mich schon sehr lange niemand mehr angeguckt. Und dabei war ich für ihn doch eine vollkommen Fremde, die auch noch einen nicht wirklich guten ersten Eindruck gemacht hatte! Vielleicht war er doch nicht so ein Stoffel, wie ich gedacht hatte ...

„Wenn dir das zu früh ist, kannst du ab morgen auch später anfangen. Überhaupt kein Problem.“
Immer noch ruhte sein Blick auf mir. Um uns herum war es leiser geworden, und alle, die meinen Beinahe-Zusammenbruch mitbekommen hatten, musterten mich mit einem Ausdruck im Gesicht, der zwischen Neugier, Besorgnis und Mitleid schwankte. Vehement schüttelte ich den Kopf und drückte ihn ein Stück weit von mir weg.

„Nein, die Uhrzeit ist völlig okay. Keine Ahnung,

was das war, mein Kreislauf spinnt manchmal einfach." Ich hoffte, er würde mein gequältes Lächeln als ein ganz normales werten und ging ein paar Schritte weiter in die Halle hinein.

„Also Thies, was genau soll ich denn jetzt hier machen?"

Trotz seines Unbehagens, das sein ganzer Körper nach wie vor ausstrahlte, wandte er sich nach links und winkte einer Frau zu, die an einem der Tische stand, die rundherum an den Wänden aufgebaut waren. Sie guckte schon erwartungsvoll in unsere Richtung, und Thies' Handbewegung schien ihr Stichwort zu sein. Sofort eilte sie herbei und plapperte in einem Tempo drauf los, bei dem ich keine Chance hatte, ihre wirklich herzliche Begrüßung zu erwidern.

Sie hieß Enni, hatte vor zwei Monaten ihren fünfzigsten Geburtstag gefeiert und war mit Herbert verheiratet, der einen rot-grün-gestreiften Elfenhut auf dem Kopf hatte und uns fröhlich zuwinkte, als sie bei seinem Namen über ihre Schulter nach hinten deutete. An ihren Ohrläppchen baumelten

quietschgrüne Weihnachtsbäume im Miniaturformat und ihre wirr abstehenden, fast schwarzen Locken bändigte sie mit einem Haarreif, auf dem zwei Geweihe aus Stoff angeklebt waren. Überhaupt waren sehr viele Menschen verkleidet oder hatten zumindest irgendwelche weihnachtlichen Dinge an sich hinunterhängen, was mir vorher gar nicht aufgefallen war, weil mich diese wahnsinnig übertriebene Dekoration überall ja schier erschlagen hatte. Wenn ich Thies und Linda, die sich ja beide einigermaßen normal verhalten hatten, nicht bereits kennengelernt hätte, hätte ich postwendend kehrt gemacht und wäre mit 180 Sachen über die Landstraße geflogen, um diesem Irrenhaus so schnell wie möglich wieder zu entkommen.
Waren die immer so? War das etwa die Nordseeluft? Und ganz wichtig: Färbte das ab?!
Als könnte Thies meine Gedanken lesen, legte er beruhigend und so unauffällig wie möglich seine Hand auf meinen Rücken.

„Keine Angst, das geht vom ersten Dezember bis zum zweiten Weihnachtsfeiertag so, danach ist hier das ganze Jahr über alles total normal", flüsterte er mir ins Ohr und musste lachen, als ich erleichtert aufseufzte.

Wir bahnten uns zu dritt einen Weg durch die Menge und standen kurz darauf vor einem langen Tisch, auf dem sich in mehreren Reihen unzählige, hoch aufgeschichtete Briefumschläge in allen möglichen Farben stapelten. An der Wand über den drei Stühlen, die hinter dem Tisch standen und über deren Lehne jeweils eine überdimensionierte Weihnachtsmannmütze gezogen war, hing ein riesiges, weißes Holzschild.

„Weihnachtsmannpostamt", las ich leise und riss mich zusammen, um nicht unter den Blicken der anderen wieder die Augen zu verdrehen. Sie schienen das Ganze hier ziemlich ernst zu nehmen, also würde ich versuchen, mich anzupassen. Schließlich war ich Gast in diesem Dorf und zur Unterstützung hier, da gehörte sich das so.

„Also, meine liebe Josie, das hier ist dein neuer Arbeitsplatz." Enni klatschte vergnüglich in die Hände.

„Sieht aber schlimmer aus, als es ist", fügte Herbert lachend hinzu, als er meinen Blick sah, der wirr über das unglaubliche Chaos vor mir glitt.

„Ich lass euch mal alleine, bin schon spät dran." Thies senkte für einen kurzen Moment nachdenklich den Blick, bevor sich seine Mundwinkel wieder hoben und er mir verschmitzt in die Augen sah. „Und Josie, holl de Ohren stiev!"

„Hä?"

Enni und ihr Weihnachtself lachten, und auch Thies konnte sich nicht schnell genug umdrehen.

„Du sollst die Ohren steifhalten, Josie." Enni wandte sich nach der Übersetzung an den Bären mit der Bommelmütze. „Und jetzt los, wir machen das hier schon!"

„Moin!", brüllte ich ihm hinterher, weil ich irgendwo gelesen hatte, dass man das hier oben zur Begrüßung und auch als Abschiedsformel verwendete. Das einzige Wort, das ich auf norddeutsch konnte. Thies schien das zu ahnen, denn er grinste nur noch breiter, als er sich an den Leuten vorbei im Zickzack wieder zurück zur Eingangstür schlängelte.

„Gut gekontert, und jetzt legen wir mal los, ja?"

Enni zeigte mir, was ich in den nächsten vier Wochen zu tun hatte. Und ganz ehrlich? Dieser Job würde eine der größten Herausforderungen meines Lebens werden …

Es ging nämlich nicht nur darum, den Kindern, die an den Weihnachtsmann geschrieben hatten, zu antworten. Standartantworten oder irgendwelche Texte, die ich einfach hätte übernehmen können, gab es nicht. Nein, ich musste jeden einzelnen Brief komplett durchlesen. Und natürlich verstehen, was das jeweilige Kind überhaupt ausdrücken wollte und was es sich wünschte, weil ich für eben jedes Kind eine persönliche Antwort verfassen musste. Also nichts mit Kaffeetrinken, dabei Antwortzettel kopieren und einfach eintüten.

Nein, hier wurde diese ganze Weihnachtsmannsache wirklich verdammt ernst genommen. Und das Erstaunlichste war, dass Enni und Herbert auch noch daran glaubten! Also, höchstwahrscheinlich nicht an den Weihnachtsmann oder sowas, aber eben an *die Sache*. Jedes Kind durfte doch mittlerweile am Smartphone oder Tablet der Eltern herumdaddeln und wusste deswegen schon, bevor es überhaupt schreiben konnte, dass dieser ganze

Weihnachtsmannschwachsinn nicht existierte. Genau wie die Zahnfee. Oder das Christkind. Und der Osterhase. Mann, mann, mann.

Nach drei Stunden war ich so geschafft, dass ich kaum noch wusste, wo oben und unten war. Umso dankbarer war ich dann auch, als Enni mich in die Seite knuffte und meinte, dass es jetzt Zeit für eine Pause wäre. Sie sah unglaublicherweise noch genauso fit und frisch aus wie zu Arbeitsbeginn. Ganz im Gegensatz zu mir, wie ich feststellen musste, als ich die Halle verlassen hatte, tief ins Polster des Fahrersitzes in meinem Auto sank und mein knallrotes, verschwitztes Gesicht im Rückspiegel begutachtete. Meine Haare hingen in angeklatschten, dunkelbraunen Strähnen über meine Schultern und die Schweißperlen auf meiner Oberlippe waren größer als die Regentropfen, die die wunderbare Morgensonne verdrängt hatten und jetzt monoton auf die Windschutzscheibe prasselten. Was meine Laune nicht grade verbesserte, hasste ich doch Regen fast genauso sehr wie diese ätzende, ach so besinnliche Weihnachtszeit. Pünktlich zum Montag nach Totensonntag wurde der Schalter im Hirn der Menschen einfach umgelegt,

und ganz egal, was man für Sorgen und Probleme hatte, man blies sie einfach auf der Zeitachse einen guten Monat weiter. Stress in der Beziehung? Egal, bald war Weihnachten! Kinderarmut gleich nebenan? Einsame Senioren? Egal, bald war Weihnachten! Freund bei einem Autounfall ums Leben gekommen? Egal, bald war ja Weihnachten!
Wie ich diese gezwungene Glückseligkeit hasste, dieses Lasst-uns-alle-fröhlich-sein. Glühwein und Lebkuchen für alle, dann wird alles gut. Nein, wurde es eben nicht, aber scheinbar hatte das außer mir niemand verstanden.
Das einzig Gute an diesen paar Wochen im Jahr war die höhere Spendenbereitschaft für alle möglichen sozialen Projekte, aber auch das war im Prinzip nur ein Abschieben der Probleme, ein Freikaufen sozusagen, um diese Zeit einfach mit reinem Gewissen genießen zu können -was für mich in diesem Bezug eher ein Synonym zu ertragen war. Sollten sie machen, aber ich wollte einfach nur mit diesem ganzen Brimborium in Ruhe gelassen werden. Was ja dieses Jahr dank meiner tollen Freundin Natalie leider nicht auch nur annähernd funktionieren würde.

Nach meiner Pause arbeitete ich ohne Unterbrechung bis nachmittags weiter, und auch, wenn es mir immer schwerer fiel, mich zu konzentrieren, gab ich trotzdem mein Bestes. Das, was ich hier machen musste, hielt ich zwar weiterhin für den größten Klamauk aller Zeiten, aber es war im Prinzip ein Job wie jeder andere. Einer, der gemacht werden musste, weil es der Auftraggeber so wollte. Einer, der mir das Geld für die Miete, mein Auto und Streamingdienste einbrachte.

FÜNFTES KAPITEL

„Hey Josie, wie läuft's?" Natalies Stimme klang gut gelaunt wie immer.

„Danke der Nachfrage, bisher sind sie zufrieden, glaub ich." Meine Worte kamen etwas gepresster heraus als beabsichtigt.

„Hmm, du bist ja immer noch angefressen. Ich meinte eigentlich nicht die Arbeit. Wenn da irgendwas gewesen wäre, hätte ich schon ne Nachricht in der Mailbox gehabt."

„Achsooo, du meinst das ganze Drumherum?" Ich konnte Natalies Augenrollen fast hören, schon während ich die einzelnen Wörter überbetonte und übertrieben in die Länge zog.

„Das ist wirklich einzigartig, Natalie. Einmalig. Hier gibt's Elfen und Weihnachtsmänner und vorhin hat mir sogar ein Engel im Vorbeigehen zugezwinkert. Ach ja, und ein Dateangebot von einem

Wichtel mit unglaublich langer Mütze hab ich auch schon in der Tasche. Ich kann den Text von allen Weihnachtsliedern, die je veröffentlicht wurden und langsam seh ich auch wieder was, weil mich das ganze Glitzerzeugs seit meinem Feierabend vor zwanzig Minuten nicht mehr blendet. Läuft also hervorragend."

„Oh mann, du hast echt ein Problem damit, oder? Ich wusste nicht, dass es immer noch so schlimm ist. Josie, ich dachte, wenn du … Es tut mir …"

„Natalie, ich muss aufhören, bis dann", unterbrach ich sie schnell und drückte auf den roten Kreis. Wenn sie sich jetzt bei mir entschuldigen würde, könnte ich meine Tränen nicht mehr zurückhalten. Was vielleicht in meinem Hotelzimmer okay gewesen wäre, aber definitiv nicht hier auf diesem Parkplatz hinter den Dünen. Es war zwar weit und breit keine Menschenseele zu sehen, aber ich heulte für gewöhnlich nicht in der Öffentlichkeit, und ich hatte auch nicht vor, das jetzt zu ändern.

Gleich, nachdem ich die Halle verlassen hatte, war ich in Richtung Strand gefahren. Es hatte mittlerweile zum Glück fast aufgehört zu regnen und vereinzelt schaffte es hin und wieder ein Sonnenstrahl, die dichte, graue Wolkendecke zu durchbrechen. Vor ein paar Jahren war ich mit Mirko im Urlaub auf Norderney gewesen. An viel konnte ich mich nicht erinnern und auch die meisten Plätze auf der Insel kannte ich nur noch von den mittlerweile in die hinterste Ecke meiner Wohnung verbannten Fotos, auf denen ich zum Beispiel auf einer der drei Seehundskulpturen gesessen hatte -ja, man passte da auch als Erwachsene noch drauf!- oder die zeigten, wie ich mich über diese kleinen Quallen gefreut hatte, die wie Stachelbeeren aussahen und die bei Ebbe zu Hunderten darauf warteten, bis das Wasser wieder zurückkam und sie weit fort ins Meer tragen würde. Okay, den Geschmack der weltbesten Waffeln würde ich wohl niemals vergessen, aber ansonsten waren meine Erinnerungen an die Nordsee doch sehr beschränkt. Allerdings war das damals nicht nur mein erster Urlaub am Meer gewesen, sondern auch der letzte mit ihm, und jetzt, als ich über die Dünen hinwegblickte und die aufgewühlte, graue See durch die Windschutzscheibe vor mir liegen sah, regte sich ein flaues Gefühl in mir. Einen kurzen Moment lang überlegte ich, ob ich aussteigen oder lieber gleich den Rückwärtsgang einlegen sollte, doch irgendetwas in meinem Inneren zwang mich regelrecht dazu, mich für Ersteres zu entscheiden. Der Kloß in meinem Hals, der immer dann auftauchte, wenn es mir nicht gut ging, würde verschwinden, wenn ich fünfmal kräftig schluckte. Das war immer so und würde garantiert auch heute so sein. Ich straffte die Schultern, und während ich langsam die Tür öffnete und das erste Mal nach langer Zeit den feinen Sand ganz leise unter meinen Schuhen knirschen hörte, begann ich zu zählen.

❄

Ich schlang meinen dicken Schal fester um meinen Hals und vergrub mein Gesicht bis zur Nasenspitze in der weichen Wolle. Der auffrischende, eisige Wind fegte über den einsamen Strand und die tobenden Wellen bäumten sich gegen den grauen Dezemberhimmel, um sogleich in weißer Gischt wieder zu brechen. Hin und wieder drang das Schreien der Möwen, die hoch oben über mir gegen den immer stärker werdenden Wind ankämpften, durch das Tosen und das hochgewachsene Gras auf den Dünen, die ich grade durchquert hatte, wurde immer wieder durchgeschüttelt und legte sich fast waagrecht zur Seite.

Rings um mich herum war absolut nichts. Nichts außer dem Strand, dem ich mit meinen Blicken zu beiden Seiten endlos folgen konnte. Vereinzelt stand ein blau-weiß gestreifter Strandkorb im Sand, der sich hell gegen das Meer abhob, kaum zu sehen durch den feinen, dunstigen Nieselregen, der wieder eingesetzt hatte, grade als ich mich dafür entschieden hatte, nicht zu Linda ins Hotel zurückzufahren. Und zu Thies, der dort jederzeit auftauchen konnte. Ich wollte nicht in seine Augen sehen, die fast jedes Mal traurig, ja fast schon wehmütig wirkten, wo doch sein Gesicht eine ganz andere Sprache zu sprechen schien. Ich wollte überhaupt nicht wissen, wer er war und was hinter all dem steckte, und ich verfluchte mich innerlich für diese Neugier, die er jedes Mal auf's Neue weckte, wenn er in meiner Nähe war. Und ja, nicht nur für die Neugier. Heute Morgen, als er mir die rettende Kaffeetasse vor die Nase gehalten hatte, war da noch etwas anderes gewesen. Etwas, das ich so verdammt lange nicht mehr gespürt hatte und das ich mir -hoffentlich!- auch nur eingebildet hatte. Ich war schließlich hier um zu helfen, womit ich Gott sei Dank bald fertig wäre und dann wieder in mein normales, absolut weihnachtsfreies Leben im schönen, genauso normalen Süddeutschland zurückkehren würde.

Nach ein paar hundert Metern beschloss ich, umzudrehen. Genaugenommen wusste ich auch gar nicht, was ich hier am Strand wollte, vor allem bei diesem Mistwetter. Meine Finger spürte ich trotz der Handschuhe schon eine Weile nicht mehr und auch meine Zehenspitzen waren vollkommen gefühllos, von den beginnenden Ohrenschmerzen mal ganz abgesehen. So beruhigend die Einsamkeit und dieser wunderschöne Lärm der Wellen und des Windes auch waren -übertönte er doch alles, was sich in meinen Kopf schleichen wollte-, für eine dünne Jacke und eine einfache, blickdichte

Strumpfhose war es einfach zu kalt hier am Strand. Grade, als ich kehrt machte, sah ich aus dem Augenwinkel etwas, das nicht so recht ins Bild zu passen schien. Und tatsächlich, zwischen zwei Strandkörben saß jemand im Sand. Einfach so, ohne Decke, die Arme nach hinten gelegt, damit er sich darauf abstützen konnte. Ganz langsam setzte ich einen Fuß vor den anderen, ohne darüber nachzudenken, was ich grade tat, und je näher ich kam, desto klarer wurde mir, wer dort den Blick aufs Meer gerichtet hatte. Er schien vollkommen versunken und bewegte sich kein bisschen, nur die große, dunkelblaue Bommel seiner Mütze wippte bei jeder Windböe, von der sie erfasst wurde.

„Thies?", fragte ich zaghaft, um ihn nicht zu erschrecken. Und trotzdem zuckte er bei meinen Worten zusammen.

„Was machst du denn hier?"

Hatte einen Augenblick vorher noch ein entspannter, ruhiger Ausdruck auf seinem Gesicht gelegen, war dieser jetzt erst großen, aufgerissenen Augen und sofort darauf tiefen Stirnfalten gewichen. Ihn als verärgert zu bezeichnen wäre übertrieben gewesen, aber er schien alles andere als glücklich darüber zu sein, dass ich ihn gestört hatte.

„Es tut mir leid, ich wollte dich nicht erschrecken.“ Verlegen malten meine Stiefel kleine Kreise in den feuchten Sand vor mir.

„Hast du nicht. Es ist nur … Ach, egal.“ Mit einem fast unhörbaren Seufzer erhob er sich, klopfte sich die nassen Sandkörnchen von der Jeans und machte ein paar Schritte in Richtung der Dünen, hinter denen ich mein Auto geparkt hatte.

„Kommst du? Ich bring dich zum Parkplatz.“ Er musterte mich durchdringend von oben bis unten, und ohne ein weiteres Wort zog er seine dicke Jacke aus und hängte sie mir um die Schultern, noch bevor ich dankend ablehnen konnte. Das weiche, aufgebauschte Material strahlte seine Körperwärme aus und roch genau so wie er selbst heute Morgen, als er mich aufgefangen hatte. Als ich an seine Schulter gesunken war. Wieder hatte ich schlagartig dieses herzenswarme Gefühl in mir, das mich so sehr an Behaglichkeit, an Geborgenheit erinnerte, dass ich einfach nichts sagen konnte und ihm nur ein Lächeln schenkte. Ein ehrliches. Eins, das ich nicht künstlich heraufbeschwören musste, wie ich überrascht feststellte …

„Thies, wenn du jemandem zum Reden brauchst, ich wäre da, ja?"
Wir hatten mittlerweile mein Auto erreicht und uns bisher den ganzen Weg über in Schweigen gehüllt. Vielleicht wagte ich deswegen diesen Vorstoß, vielleicht auch wegen seinem nachdenklichen Blick, den er die ganze Zeit über nicht abgelegt hatte.

„Danke, gleichfalls", kam es prompt und fast schon schnippisch von ihm zurück, und ich wusste, dass ich eine Grenze überschritten hatte. Nicht einmal böse sein konnte ich ihm, denn ich hätte wohl genauso reagiert, wenn er mir angeboten hätte, ihm das, was mich bedrückte, zu erzählen. Einem Wildfremden, den ich erst ein paar Mal gesehen hatte.

„Verstanden. Dann bis morgen." Diesmal entschied ich mich wieder für das künstliche Lächeln, denn sonst wäre ich wohl ohne irgendeine sichtbare Gefühlsäußerung ins Hotel zurückgefahren.

Die nächsten Tage verbrachte ich inmitten des vorweihnachtlichen Trubels eines ganzen Städtchens. Ich blendete die ständig dudelnden Weihnachtslieder aus und auch die geschäftigen und wirklich netten, aber auch dauergrinsenden Menschen, die um mich herumwuselten, während ich meiner Arbeit nachging. Einladungen zum hier scheinbar total angesagten allabendlichen Singen an der großen, nun auch mehr als prächtig geschmückten Tanne auf dem Marktplatz schlug ich aus, genau wie ich mich in der Mittagspause nicht den anderen anschloss, die gegenüber der Halle in einem kleinen Bistro, dessen Fenster und Tür unter den vielen Lichterketten und Tannenzweigen fast unsichtbar geworden waren, einkehrten.
Nach den Abendessen bei Linda war ich einfach nur froh, alleine in meinem Zimmer sein zu können und wahllos durch die Programme zu zappen. Der Fernseher war genauso altmodisch wie alles andere hier, was ich eigentlich ziemlich niedlich fand, allerdings war an diesen alten Röhren natürlich kein Anschluss für meinen Stick vorhanden, um Netflix zu gucken und auch WLAN suchte man hier vergebens. Also verkroch ich mich schon

früh unter das dicke Federbett, das mich an die Ferien erinnerte, die ich als Kind bei meinen Großeltern verbracht hatte. Ich konnte grade noch über den Bezug aus dem Fenster gucken, durch das die in der Dunkelheit leuchtenden Lichterketten der Häuser nebenan und gegenüber zu sehen waren. Es regnete immer noch leicht, und durch die dicken Tropfen, die sich an der Scheibe ein langsames Wettrennen nach unten lieferten, wirkte der Lichterschein noch viel glanzvoller, viel mächtiger. Viel weihnachtlicher.

In mir stiegen Tränen auf beim Gedanken an das, was ich so gern fühlen wollte. Gegen das ich nicht mehr lange würde ankämpfen können und das mich doch so ängstigte, dass ich am liebsten laut aufgeschrien hätte. Ich durfte das nicht zulassen, auf keinen Fall. Das käme dem schlimmsten Verrat gleich, den ich mir nur vorstellen konnte. Weihnachten existierte nicht mehr für mich, das war die wichtigste Regel in meinem Leben. Ganz fest kniff ich die Augen zusammen in der Hoffnung, die Tränen dadurch verschwinden lassen zu können, doch sie waren wieder einmal stärker als ich, und so weinte ich mich an diesem Abend, wie auch an so vielen anderen, in einen kurzen, unruhigen Schlaf.

SECHSTES KAPITEL

Ein zaghaftes Klopfen an der Zimmertür weckte mich, und noch bevor ich auf den antiken Wecker auf dem schnörkeligen, weißen Nachtschränkchen neben mir gucken konnte, wurde sie ein kleines Stückchen aufgedrückt. Lindas Nasenspitze schob sich durch den schmalen Spalt und fast gleichzeitig roch ich den starken Kaffee in der Tasse, die gleich danach zum Vorschein kam.

«Guten Morgen Josie, darf ich?»

Ich setzte mich auf und rieb mir schlaftrunken die Augen. Meine Schläfen pochten und der schummerige Lichtstrahl, der durch die Tür ins Zimmer fiel sagte mir, dass es noch viel zu früh war, um aufzustehen.

«Ich weiß, es ist Sonntag, aber das musst du dir angucken.» Und schwupps, stand sie neben mir, stellte die Tasse -rot mit Tannenbäumen drauf, die mit bunten Lichtern behangen waren- auf das Schränkchen und hob entschuldigend die Hände.

«Thies hat mir gesagt, dass du morgens dringend Kaffee brauchst, und ich dachte, du kommst so angenehmer aus dem Bett.»

Innerlich stieß ich einen Seufzer nach dem anderen aus und verfluchte Natalie wieder einmal dafür, dass sie mich damals überhaupt eingestellt hatte. Wie so oft in den letzten Tagen. Wenn ich einfach irgendeinen stinklangweiligen Job in irgendeiner noch stinklangweiligeren Firma angenommen hätte, würde ich jetzt friedlich zu Hause in meinem Bett schlummern und nicht zu nachtschlafender Zeit geweckt werden. Zugegebenermaßen zwar sehr sanft und durchaus liebevoll und mit Kaffee, aber … Hallo? Es war Sonntag, mein einziger freier Tag in der Woche!

«Schon gut Linda, danke für den Kaffee. Und Thies hat recht, ohne schaffe ich es wirklich nur sehr schwer, aufzustehen.»

«Da habt ihr ja was gemeinsam.» Sie lachte und wandte sich wieder Richtung Tür.

«Er sitzt übrigens unten und wartet auf dich.»

Mit einem Augenzwinkern schlüpfte sie wieder hinaus auf den Gang und zog die Zimmertür langsam hinter sich zu.

«Moment Linda, warum wartet er und was muss ich mir unbedingt angucken?»

«Wirst du gleich sehen», klang es gedämpft zu mir und gleich darauf hörte ich, wie sie die knarzenden Holzstufen wieder hinablief.

Verdammt, *er* war da, und was auch immer er von mir wollte, ich sah aus wie eine Vogelscheuche! Schnell nahm ich einen Schluck, schwang meine Beine aus dem wunderbar warmen, weichen Bett und lief barfuß die paar Schritte ins kleine, mit knallroten Fliesen ausgelegte Badezimmer.
Nach einem Blick in den runden Spiegel, der von goldfarbenen Ornamenten umrahmt wurde, kämmte ich hektisch über meine wirren Locken, gab aber schnell wieder auf und knotete sie zu einem einfachen, wuscheligen Dutt zusammen. Eilig kramte ich in meinem Kulturbeutel, fand aber die nach Pfirsich duftende, abartig teure Tagescreme nicht, die in Sekundenschnelle alle Fältchen eliminierte, also putzte ich mit Knitterfalten im Gesicht

im Eilverfahren meine Zähne und zog die Klamotten vom Vortag an, die über der Lehne des mit dunkelrotem Samt bezogenen Sessels neben dem Fernseher hingen.

Einen prüfenden Blick in den Standspiegel hinter der Tür später und dem Gedanken, dass es mir ja nun wirklich egal sein könnte, wie ich aussah, schnappte ich mir die halbleere Kaffeetasse und machte mich auf den Weg nach unten. Wo ich äußerst nett begrüßt wurde.

«Was bist du denn für eine Trantüte?»

«Dir auch einen wunderschönen guten Morgen, Thies. Oder sollte ich lieber gute Nacht sagen? Hast du schon mal auf die Uhr geguckt?»

Dieser Kerl war unglaublich. Hatte ich tatsächlich grade fünf Minuten meiner Lebenszeit verschenkt, nur damit ich nicht aussah wie ein wildgewordener Handfeger? Weil *er* hier war? Wie konnte man nur so blöd sein …

«Also, was gibt's? Oder kann ich wieder ins Bett?»

Dieses Grinsen …

«Klar kannst du, aber ich weiß nicht, ob du das auch willst.» Er rutschte vom Barhocker, stellte seine Tasse auf den Tresen und musterte mich wieder mit diesem Blick, den ich an ihm absolut nicht ausstehen konnte.

«So willst du raus?» Sein Blick blieb oberhalb meines Bauchnabels hängen und fast hatte ich das Gefühl, mein durchaus schickes Oberteil wäre überhaupt nicht vorhanden.

«Hallo? Ich hab auch Augen?!»

«Ja? Und?» Irritiert hob er den Blick. «Das Teil da besteht zur Hälfte aus nichts, könnte bisschen kühl werden.»

Okay, er hatte mir nicht etwa auf die Brüste gestarrt, weil es meine Brüste waren, sondern weil der Ausschnitt mit feinster Spitze besetzt war. Sein Glück.

«Wieso eigentlich raus? Ich will nicht raus, es ist arschkalt und dunkel und bestimmt regnet es wieder. Im Norden gibt's ja nur Regen. Und ich hatte erst einen halben Kaffee.»

«Lässt sich ändern.» Sein Gesicht blieb unergründlich, als er mit festen Schritten in die Küche ging und mit einer Thermoskanne und zwei Bechern, die -wie sollte es auch anders sein- übersät waren mit aufgedruckten Sternchen in allen möglichen Farben. Ich hasste Weihnachten ja sowieso, aber noch schlimmer war dieser unsägliche Kitsch. Vor dem Unfall war ich einmal mit Mirko im Erzgebirge gewesen, und ja, diese wunderschönen Lichter in Verbindung mit meterhohem Schnee konnten selbst eingefleischte Weihnachtsmuffel in Festtagsstimmung bringen. So klar, so warm und funkelnd, einfach wunderschön und leuchtend auch in der dunkelsten Nacht. Aber das war einmal, und jetzt gehörte sowas nicht mehr zu mir und meinem Leben.

Der will wirklich, dass ich diese behagliche, warme Pension verlasse und in die klirrende, dunkle Kälte hinaustrete. Und dann auch noch mit ihm. Kann er vergessen.

«Nö.»

«Wie, nö?»

«Na, einfach nö! Ihr seid doch hier die Spezialisten für kurze, einfache Wörter, oder? Ich geh wieder nach oben. Viel Spaß bei was auch immer.» Linda, die unser Gespräch im Türrahmen stehend verfolgt hatte, konnte ihr Schmunzeln nicht länger verstecken.

«Oh Kinners, ihr beiden seid einfach herrlich. Glaub mir Josie, geh mit ihm mit. Du wirst es nicht bereuen.»
Meine Güte, wenn es einen Preis für den wissendsten Blick gegeben hätte, den man sich nur vorstellen konnte, hätte Linda in diesem Moment jegliche Konkurrenz ohne Mühe ausgeschaltet und wäre einfach ganz nach oben aufs Siegertreppchen durchmarschiert.

Ausgestattet mit meiner dicken Winterjacke, die ich mir gnädigerweise noch aus meinem Zimmer holen durfte, einer zusätzlichen Strumpfhose unter der Jeans und meiner Zweitmütze -um keinen Preis würde ich mir die Blöße geben, genauso bommelig herumzulaufen wie Thies- verließen wir schließlich knapp zehn Minuten später die Pension. Schon als ich den ersten Schritt aus der Tür hinaus machte, ließ mich etwas stutzen und kurz innehalten. Die Luft hatte sich verändert, es roch ganz eigenartig und unerklärlich … winterlich? Nach salzigem Meer und sternenklarem Himmel, und irgendwie auch nach süßer Zuckerwatte und Tannenduft. Und doch war da noch etwas anderes.

«Komm, wir müssen uns ein bisschen beeilen», flüsterte Thies. Als würde uns um diese Uhrzeit irgendjemand hören können, lächerlich.
Als ich meine Jacke geholt hatte, zeigte der Wecker kurz nach vier an. Morgens! Selbst als wir in sein Auto stiegen wusste ich immer noch nicht, ob ich sauer sein oder mich einfach in mein Schicksal ergeben sollte. Umbringen und irgendwo in den Dünen verscharren würde er mich nicht, das hatte mir Linda grinsend versichert, und doch lag etwas Geheimnisvolles in der Luft. Etwas schien zwischen uns zu sein, das gestern noch nicht da gewesen war. Warum sollte er mich sonst um diese Uhrzeit zwingen, mit ihm zu kommen?

Nach einer kurzen, ziemlich rasanten Fahrt hatten wir scheinbar unser Ziel erreicht. Er zog den Schlüssel ab und lief um sein Auto herum, um mir wieder die Tür zu öffnen. Selbstverständlich bezeichnete ich mich als vollkommen emanzipiert und auch war ich durchaus imstande, alle Türen, die sich mir in den Weg stellten, selbstständig aufzumachen -oder einzutreten, je nachdem-, allerdings hatte dieses Gentleman-Getue doch auch etwas, das mir wirklich gefiel.

Und in diesem Moment, in dem ich aus dem alten, rostigen Auto stieg und ihm noch näher kam als bei meinem halben Ohnmachtsanfall am ersten Arbeitstag, passierte es. Es war einfach da. Wir standen hier zwischen den Dünen, inmitten der tiefen Nacht, umgeben von klirrender Kälte und rabenschwarzer Dunkelheit. Und von nichts. Nichts außer uns. Sein Duft, der mir so männlich, so stark erschien, vermischte sich mit dem Geruch des Meeres, das endlos direkt vor uns lag. Die Kronen der Wellen glitzerten im fahlen, silbernen Mondschein und das sanfte Rauschen der Wellen legte sich wie eine seltsame, wunderschöne Melodie auf alles, was uns umgab. Das Glitzern und Funkeln breitete sich aus, kam plötzlich von allen Seiten auf uns eingestürmt und tauchte unsere kleine Welt in ein magisches Licht, das nichts durchdringen konnte. In dem wir sicher waren.
Der Schnee fiel trotz des fast sternenklaren Himmels in dicken, watteweichen Flocken auf uns herab. Meine Knie wurden weich, als seine Lippen

sich wie in Zeitlupe auf meine legten und der Kuss, der folgte, war so zärtlich, so voller Gefühl, wie ich es mir bisher noch in keinem meiner Träume von ihm auch nur ausgemalt hatte. Seine Wärme fing mich auf, und für einen klitzekleinen Augenblick stand einfach alles still. Das Gluckern und Glucksen der auslaufenden Wellen am Strand hörte auf und das Brausen des Winterwindes wurde für diesen Moment ganz leise. Für diesen einen Moment, in dem ich versank in etwas, das ich nie wieder spüren wollte. Das ich nie wieder fühlen wollte.

Das entfernte Läuten der Glocken des Kirchturms am Marktplatz riss mich aus dieser anderen Welt, und als ich meine Augen öffnete und in seine blickte, lag in ihnen das, was ich noch Sekunden zuvor in mir selbst gespürt hatte.

„Spinnst du eigentlich?! Du kannst mich doch nicht einfach …"

Meine Stimme versagte, und schnell drehte ich mich weg. Er sollte nicht sehen, dass ich es wieder einmal nicht schaffte, die Tränen, die mir über die Wange liefen, zu unterdrücken. Vor allem aber wollte ich mich nicht erklären, wollte ihm nichts von all dem erzählen. Dass er als Antwort seine Arme von hinten ganz langsam, aber doch bestimmt um meine Hüfte legte, machte es nicht besser. Im Gegenteil. Er hielt mich, und nichts auf der Welt wünschte ich mir mehr. Auch, wenn das nicht sein durfte.

„Guck mal, da sind sie." Kurz schloss ich beim Klang seiner Stimme wieder die Augen. Sie klang fast wie immer, doch da war noch etwas anderes. Etwas Raues. Verletzlichkeit? Er räusperte sich leise, und ich blickte nach oben.

Mehr als ein gehauchtes *Wow* brachte ich nicht zustande.

War mir das dichte Schneetreiben mitten am Strand schon magisch vorgekommen, so war das, was sich jetzt direkt über uns abspielte, definitiv die Krönung aller magischen Augenblicke, die ich jemals erleben hatte dürfen. Der rabenschwarze Nachthimmel war nicht mehr schwarz, sondern leuchtete in den wundervollsten Blau- und Grüntönen. Die Farben waren so strahlend, so hell, dass es fast unwirklich aussah. Und doch waren sie da. Sie wurden mehr und weniger und wieder mehr, umschlossen die Sterne, die durch sie hindurchfunkelten und wechselten von gleißendem Grün zu atemberaubendem, vollem Blau bis hin zu den intensivsten Violetttönen, die man sich nur vorstellen konnte. Und das alles so grell und leuchtend und so nah, dass ich das Gefühl hatte, schweben zu können. Noch immer hielt Thies mich fest, vielleicht noch ein bisschen fester als zuvor. Und alles, was ich tun konnte, war mit offenem Mund nach oben zu starren und dieses unglaubliche Schauspiel auf mich wirken zu lassen. Es in mich aufzusaugen, damit es für immer in meiner Erinnerung bleiben würde. Wie das, was geschehen war, bevor die Glocken geläutet hatten. Denn nichts anderes sollte es sein. Durfte es sein. Eine schöne Erinnerung.

SIEBTES KAPITEL

„Echt jetzt? Polarlichter an der Ostsee? Ist ja krass."

„Ja, ich hab echt gedacht, die sieht man nur in Norwegen. Natalie, das war unglaublich! Kannst du dir nicht vorstellen, die Farben waren echt unbeschreiblich."

„Glaub ich dir. Schick mir mal ein Video davon, dann kann ich's auch sehen, ja?"

„Ich hab keins gemacht."

„Wie, du hast keins gemacht? Du knipst doch sonst auch alles und machst von jedem Quatsch ein Video!"

„Naja, diesmal eben nicht."

„Warst du allein? Gibt es da was, was du mir erzählen möchtest, Josie?" Natalies Grinsen war selbst durch das Handy zu hören.

„Nein, es gibt nichts, was ich dir erzählen möchte. Ach was, es gibt überhaupt nichts zu erzählen, selbst wenn ich wollte. Die sind hier alle nett zu mir, ich muss viel arbeiten und ich freu mich jetzt schon drauf, wenn ich endlich wieder abreisen kann."

„Gut, das klingt nach dir. Wenn du reden willst, du weißt ja, dass ..."

„Ja, weiß ich. Danke Natalie. Wir hören uns, ja? Gute Nacht."

„Gute Nacht Josie. Und träum schön."

Mit einem ihrer kleinen Gluckser, die sie immer von sich gab, wenn sie mehr wusste als mir lieb war, legte sie auf.

❄

Den ganzen Sonntag hatte ich damit zugebracht, entweder in meinem warmen, weichen Bett irgendwelche langweiligen Sendungen im Fernsehen zu gucken oder mich klammheimlich und hoffend, dass Thies nicht grade unten bei seiner Tante sitzen würde, aus dem Haus zu stehlen und im Schneegestöber spazieren zu gehen. Es hatte seit der letzten Nacht durchgehend geschneit, und laut dem Wetterbericht war auch kein Ende in Sicht. Natürlich war es im tagsüber im Hellen nicht annähernd so romantisch wie nachts dort unten am

Strand, allerdings konnte mir jegliche Romantik sowieso gestohlen bleiben. Vor allem nach diesem dämlichen Ausrutscher, für den ich mich wohl auf ewig in den Allerwertesten treten würde.
Zum Glück traf ich nur einmal auf Linda, die am Tresen saß, über wichtig aussehenden Unterlagen brütete und mir sofort eine Thermoskanne mit starkem, heißem Kaffee in die Hand drückte, als ich ihr erzählte, dass ich die Umgebung erkunden wollte. Thies hatte wohl andere Pläne, denn er lief mir weder in der Pension, noch am Strand oder auf den verschneiten Straßen über den Weg.
Auch am nächsten Morgen, an dem ich tatsächlich überpünktlich zur Arbeit erschien, traf ich ihn nicht. Er stand nicht mit einer dampfenden Tasse vor der Halle auf dem kleinen Parkplatz, kam nicht vorbei, während ich die Pause im Auto verbrachte und auch in der restlichen Zeit bis zum Feierabend ließ er sich nicht blicken.
Die Zeiger der großen Bahnhofsuhr, die unserem Tisch gegenüber an der Wand hing und nur zu sehen war, wenn ich an dem riesigen Weihnachtsbaum vorbeischielte, zeigten auf kurz vor fünf.

Seltsamerweise war die Zeit heute wie im Flug vergangen, und eigentlich hatte ich noch mindestens einen ganzen Stapel Briefe beantworten wollen. Ich beschloss, mit zugekniffenen Augen noch ein Kuvert zu ziehen, den Brief zu lesen und meine Zeilen dazu zu schreiben. Dann würde ich das Weihnachtsmannpostamt für heute Weihnachtsmannpostamt sein lassen und mich nach einem leckeren Abendessen bei Linda wieder in mein Zimmer zurückziehen. Und natürlich weiterhin hoffen, dass ich *ihn* nicht mehr zu Gesicht bekam. Bisher hatte das ja ganz gut funktioniert, wenn es auch nur knapp zwei Tage gewesen waren. Aber immerhin.

Lieber Weihnachtsmann,
ich wünsche mir dieses Jahr nichts für mich selbst, sondern was für meine Mama. Kannst du ihr vielleicht mehr Zeit schenken? Mein Papa ist nämlich letztes Jahr abgehauen und sie muss jetzt immer so viel arbeiten, damit wir was zu essen haben und deswegen kann sie sich auch nicht mal eine Stunde ausruhen. Weil ich ja auch noch da bin und sie dann auch auf mich aufpassen muss. Sie will nämlich immer unbedingt mit mir spielen wenn sie von der Arbeit nach Hause kommt. Das finde ich ja auch schön, aber sie ist immer so müde. Vielleicht kannst du da was machen? Wenn du zu viel zu tun hast weil andere Kinder sich mehr Sachen wünschen dann kann ich auch bis nächstes Jahr warten.
Ich hab dich lieb Weihnachtsmann!
Danke dass du immer für uns Kinder da bist.
Deine Anna

„Oh nein", flüsterte ich und starrte auf das linierte Blockblatt mit der etwas krakeligen Kinderschrift, das ich in der Hand hielt. Es zitterte leicht, und als die erste Träne als dicker Tropfen neben den Namen des kleinen Mädchens fiel, zuckte ich zusammen. Es waren nicht mehr viele Menschen hier in der Halle, und keiner von ihnen beachtete mich, weil die meisten schon hinten am Glühweinkessel standen und sich fröhlich mit ihren bunten Tassen zuprosteten.

Langsam faltete ich das Blatt wieder zusammen, steckte es in den Briefumschlag, der mit lauter rosafarbenen, selbst gemalten Herzchen verziert war und legte ihn behutsam, als wäre es ein wertvoller Schatz, ganz nach unten in meine Handtasche. Wie in Trance stand ich auf, schob meinen Weihnachtsmützenstuhl unter den Tisch und steuerte erst die Tür und dann, als der kalte Wind mir eisig ins Gesicht blies, mein Auto an.

Vor der Pension angekommen blieb ich einfach sitzen. Allmählich verzog sich die Wärme der Sitzheizung und die Kälte kroch von unten in meine Jeans, meine Beine hinauf und unter meine Jacke, bis sie unerträglich wurde und ich schließlich doch durch den wadenhohen Schnee zur Treppe stapfte. Die Haustür öffnete sich und Linda spitzte mit ihrem strahlenden Lächeln durch den Spalt, durch den ein warmer Lichtstrahl fiel und die dunkle Glitzerwelt da draußen für einen Augenblick erhellte.

„Du bist ja spät dran heute, ist alles in Ordnung?“ Ich nickte, doch aus meinem Mund kam ein *Nein*. Nur gehaucht, fast lautlos, und doch verstand sie es.

„Komm rein, min Deern. Wird alles wieder gut.“ Ihre Hand lag sanft auf meiner Schulter. Seltsamerweise glaubte ich ihr.

❄

Sie zwang mich nicht zu reden. Sie saß einfach nur neben mir und wir löffelten schweigend den Gemüseeintopf, der nicht nur fantastisch schmeckte,

sondern auch von innen heraus wärmte. Trotz Thies und trotz diesem Brief fühlte ich mich wohl hier. Irgendwie geborgen, und das nicht zuletzt wegen dem, was Linda ausstrahlte.
Sie war nicht mehr nur die Besitzerin dieses Hotels oder Thies' Tante, nein. Ich war mir sicher, wenn ich mehr Zeit hier verbringen würde -was nicht in Frage kam-, könnte sie auch zu so etwas wie einer Mutterfigur werden. Wie kitschig das in meinem Kopf klang. Und doch waren mir ihre Herzlichkeit und ihre roten Wangen, wenn sie sich freute, ihre von unzähligen, feinen Lachfalten umgebenen Augen und ihre Blicke, die niemals bohrend oder unangenehm waren, sondern immer wohlwollend und wertschätzend, schon nach den ersten paar Tagen sehr ans Herz gewachsen.
Sie brachte zwei große Porzellanschälchen voll mit einem cremigen Dessert, dessen Vanillearoma auch nach dem letzten Löffel noch lange auf meiner Zunge verweilte, und je länger ich über diesen Brief nachdachte, Annas Brief, desto mehr wurde mir klar, dass ich alleine überhaupt keine Chance hatte, dem Mädchen zu helfen. Dass ich helfen wollte und nicht nur einen schnöden Antwortbrief

schreiben würde, stand für mich schon seit der ersten Zeile außer Frage. Hier ging es nicht, wie bei allen anderen Briefen, die ich bisher gelesen hatte, um das neueste Smartphone, das teuerste Mountainbike oder den nächsten All-inklusive-Urlaub in irgendeinem exklusiven Luxushotel. Nein, hier ging es um das, was am allerwichtigsten war. Um das Wertvollste, das wir Menschen hier auf Erden hatten. Um Zeit. Um ein kleines Mädchen und seine Mama, die sich zwischen all ihren Verpflichtungen eben diese Zeit nahm, um ihrem Kind alles zu ermöglichen. Um Zeit mit ihm zu verbringen, um Erinnerungen schaffen zu können. Die diesen wahnsinnigen Spagat schaffen und jeden einzelnen Tag darum kämpfen musste, diesen Kampf, der eigentlich keiner sein durfte, nicht zu verlieren. Eine Mama, die für ihre Tochter da sein wollte und ein Mädchen, das sich genau deswegen Sorgen machte. Kein Kind sollte sich Sorgen machen, und schon gar nicht um das Wohlergehen seiner Mutter! Es waren nur ein paar Zeilen, doch der Hintergrund dieser Worte war so traurig und selbst für mich, eine Außenstehende, so schmerzvoll, dass es mir fast das Herz zerriss, wenn ich mir die beiden

bildlich vorstellte. Es gab Millionen Mamas und Papas da draußen, die ihr Leben auf diese Art meistern mussten, doch von diesen beiden wusste ich jetzt, und ich würde alles daransetzen, dem Weihnachtsmann zu Hilfe zu eilen.
Ja, dem Weihnachtsmann. Denn heute hatte ich erkannt, dass es ihn wirklich gab. Und wenn ein kleines Mädchen einen solchen Wunsch hatte, dann würde der Weihnachtsmann ihn auch erfüllen.

„Du, Linda …“ Ich zögerte, doch als ich mir ins Gedächtnis rief, dass Weihnachten hier in Himmelberg von wirklich jedem ernst genommen wurde und ich die Einzige war, die sich so angestellt hatte, straffte ich die Schultern und redete weiter.

„Darf ich dich etwas fragen?“

„Aber natürlich! Alles, was du möchtest, Josie.“ Gespannt wartete sie, bis ich mit der Sprache herausrückte.

„Okay, also, da war heute ein Brief dabei, von einem Mädchen, das wirklich Hilfe braucht. Oder eher ihre Mama. Obwohl, doch eher beide, also auch die Kleine.“

Beim Gedanken daran zog es mir wieder den Magen zusammen.

„Auf jeden Fall weiß ich nicht, was ich tun kann, damit ihr Wunsch in Erfüllung geht, und jetzt wollte ich dich fragen, ob du vielleicht eine Idee hast?"

Linda lächelte immer noch, doch ihr Gesicht wurde ernster. Sie griff über den Tisch nach meiner Hand, und ich war mir zu einhundert Prozent sicher, dass sie genau wusste, wie es in mir aussah.

„Möchtest du mir erzählen, was in dem Brief steht? Was genau sich das Mädchen wünscht?"

Ich nickte, doch anstatt zu erzählen, holte ich den Umschlag aus meiner Tasche und schob ihn zu ihr hinüber. Ganz behutsam öffnete sie ihn und fing an zu lesen.

Achtes Kapitel

„Josie, bitte hör doch erstmal zu! Ich weiß, dass grade irgendetwas zwischen euch steht, aber das würde wirklich passen wie Arsch auf Eimer."
Sofort schlug sie sich die Hand vor den Mund. „Entschuldige bitte, aber das sagt man hier so."
Trotz ihrem Vorschlag, den sie grade eben gemacht hatte, musste ich schmunzeln.

„Alles gut, das sagt man bei uns auch. Aber nicht mit ihm, das kannst du vergessen, das muss irgendwie anders gehen. Warum passt das denn bitte wie Arsch auf Eimer?"
Niemals würde ich gemeinsame Sache mit Thies machen, so wie sie sich das scheinbar vorstellte. Ich war verdammt froh darüber, ihn nach dieser Nacht am Strand nicht mehr getroffen zu haben, und mit etwas Glück würde das auch so bleiben, bis ich wieder abreiste. Guter Zweck hin oder her, aber es gab für ein Problem immer mehr als eine Lösung,

und eine dieser anderen galt es jetzt zu finden. Ohne auf ihre Antwort zu warten, überlegte ich laut weiter.

„Wie wäre es denn, wenn wir einfach eine andere Mama mit gleichaltrigem Kind finden? Die beiden könnten sich abwechseln, so hätte doch jede mehr Zeit für sich und die Kinder könnten miteinander spielen."

„Nun, das eine schließt das andere ja nicht aus, da können wir gerne gucken. Aber wenn wir Thies ins Boot holen, wäre ihm und seinen Eltern vielleicht auch geholfen. Und darum geht es doch an Weihnachten, oder nicht?"

Sie senkte den Blick und fuhr mit dem Finger die polierten Astlöcher in der Tischplatte nach.

„Bitte Josie, ich zerbreche mir schon die ganze Zeit den Kopf, aber bisher ist mir absolut nichts eingefallen. Sie leiden still … Wenn sie wenigstens zugeben würden, dass sie das belastet, aber das tun sie nicht. Und Thies nimmt ja nichts an."

Der Seufzer, den ich ausstieß, war mit Sicherheit bis ins Allgäu zu hören.

„Könntest du mir vorher wenigstens erzählen, was sie so belastet? Und was hat Thies überhaupt

mit der ganzen Sache zu tun? Wie könnte er uns denn dabei helfen?"
Sie zog ihre Hand zurück und kaute nervös auf der Unterlippe.

„Er könnte uns vielleicht nicht helfen." Und ganz leise: „Aber wir ihm."
Ihm helfen ... Wobei denn bitte? Und wollte ich das überhaupt? Schließlich schien er mir genauso aus dem Weg zu gehen wie ich ihm. Und das nach allem, was passiert war. Gut, Natalie würde jetzt sagen, dass es doch nur ein Kuss war, aber für mich war es so viel mehr als das. Auch wenn ich mir das eigentlich nicht eingestehen wollte, hatte ich mich dort am Strand, mit dem Rauschen des Meeres, dem plötzlich einsetzenden Schneefall und diesem unglaublichen Schauspiel über uns gefühlt, als wäre ich kurzzeitig aus meinem Leben ausgestiegen und in ein vollkommen neues, unbekanntes abgetaucht. Unbelastet und ohne Erinnerung an alles, was vorher war. Und ja, es war so erleichternd gewesen, hatte so wahnsinnig gutgetan, dass ein Teil von mir die ganze Zeit nach mehr davon schrie. So lange, bis der andere Teil die Lautstärke nach oben schraubte und die Zweifel siegten.

Die Angst vor diesem Unbekannten. Die Angst, alles wieder zu verlieren. Ich wusste genau, dass auch er diese Verbindung zwischen uns gespürt hatte, und wenn wir uns wiedersehen würden, dann wäre ich vielleicht verloren …

„Josie, es geht um ein kleines Mädchen, jetzt gib dir doch mal einen Ruck!"

„Du hast mir immer noch nicht gesagt, was mit seinen Eltern los ist und warum er dabei sein muss. Also?"

Sie schüttelte so energisch den Kopf, dass ihre Locken nur so durch die Luft flogen.

„Das musst du ihn bitte selber fragen, ich kann dir das nicht erklären. Aber lass mich vorher mit ihm reden, sonst erzählt er dir wahrscheinlich überhaupt nichts."

Meine Güte, Linda machte ja ein Geheimnis aus dieser Sache. Mit Sicherheit total übertrieben, aber trotzdem bewirkte dieses Getue, dass ich neugierig wurde.

„Ja klar, ich bin immer noch nicht scharf drauf, irgendwas mit ihm zu tun zu haben. Lass dir ruhig Zeit."

Ich hätte schwören können, dass sie mir zuzwinkerte, doch bevor ich protestieren konnte, war sie bereits aufgestanden, hatte sich unsere Schüsseln geschnappt und war in die Küche verschwunden. Etwas unschlüssig, was ich nun mit mir und dem restlichen Abend anfangen sollte -meine Gedanken kreisten die ganze Zeit um den Brief und um Anna und außerdem hatte ich absolut keine Lust darauf, wieder im Bett herumzulümmeln und fernzugucken, bis ich einschlief - erhob ich mich ebenfalls und krabbelte von der Eckbank hinunter.

„Linda, ich geh nochmal kurz raus. Bis morgen, ja? Und danke." *Trotz deinem grandiosen Vorschlag.*

„Gehst du zum Strand?", rief sie und schon tauchte ihr Kopf im Türrahmen auf.

„Ja, wahrscheinlich. Wieso?"

„Ach, nur so. Pass auf dich auf, ja? Bis morgen." Und wieder lächelte sie dieses wunderbar fröhliche Lächeln. Dieses Lächeln, in dem etwas Wissendes lag. Und das nichts Gutes verhieß, wie ich nur etwa eine halbe Stunde später merken sollte …

*

Die Promenade, über die ich im Schein der schummerigen Straßenlaternen spazierte, war menschenleer. Noch immer schneite es, und bei jedem Schritt knirschte der frische, strahlendweiße Schnee unter meinen Stiefeln. Rechts von mir lag der Strand, der unter der weißen Pracht gar nicht mehr auszumachen war. Direkt dahinter, vielleicht fünfzig Meter von mir und der schmalen Straße mit den hübschen, weihnachtlich dekorierten Schaufenstern entfernt, kräuselten sich kleine Schaumkrönchen auf dem tiefschwarzen Wasser. Ganz hinten am Horizont traf das Schwarz des Meeres auf das Nachtblau des Himmels, das durch die fallenden Flocken fast unsichtbar wurde. Am Ende der Promenade, in einem Eckhaus, war eine kleine Bar, aus der durch die angelaufene Tür der Refrain von Bryan Adams „Christmas Time" ertönte. Vor langer Zeit war dieses Lied mein allerliebstes Lied während der Weihnachtszeit gewesen. Wir hatten es abends rauf und runter gehört, und niemals wurden wir satt, dabei laut mitzusingen und gemeinsam durch unsere Wohnung zu tanzen. Ich war hin und her gerissen -sollte ich stehen bleiben und noch ein bisschen zuhören? Meine Schritte wurden schneller, und ehe ich mich versah, war ich die Steintreppe zum Strand hinuntergestiegen und lief auf einen der einsamen, verlassenen Strandkörbe zu. Mit meinem Handschuh wischte ich den federleichten Schnee vom Sitzpolster, zog meine Jacke weiter nach unten über den Po und ließ mich hineinfallen.

„Mensch, dich zu finden ist ja auch ne Tagesaufgabe."
Thies. Vor nicht einmal zwei Minuten hatte ich meine Augen geschlossen und war in die Welt meiner Gedanken abgedriftet. Hatte angefangen, sie zu sortieren. Und jetzt stand dieser Vollidiot hier vor mir.

„Was willst *du* denn hier?!"

„Ah, wieder genauso freundlich wie am Anfang. Klasse."
Zu meinem Entsetzen verschwand er nicht einfach wieder, sondern ließ sich tatsächlich neben mich in den Strandkorb fallen.

„Äh, hallo?" Meine Stimme klang wütender als beabsichtigt, was mir aber herzlich egal war. Sich erst aus dem Staub machen und mir jetzt auf die Nerven gehen. Linda hatte ja mit Sicherheit noch nicht mit ihm …

„Linda meinte, du brauchst meine Hilfe."

Himmel.

„Nicht im Ernst, oder?"

„Glaub mir, das war ihr voller Ernst. Also, was ist los?"

„Was hat sie denn gesagt?"

„Na, dass ich dir helfen soll. Und dabei kooperativ sein soll. Was auch immer sie damit gemeint hat." Trotz dieser bescheuerten Situation musste ich wieder lachen.

„Na, dann sei mal kooperativ. Ich bin sicher, du kannst das, wenn du es ganz fest versuchst."

„Los Josie, ich hab nicht die ganze Nacht Zeit", antwortete er mit skeptisch hochgezogener Augenbraue.

„Passt mir gut, ich nämlich auch nicht, ich muss mir um wichtigere Dinge Gedanken machen als um dich. Also, was kannst du mir sagen, wenn ich dich frage, was deine Eltern mit einer Mutter und ihrer kleinen Tochter zu tun haben?"

Stille. Frostige Stille, die nicht nur den eisigen Temperaturen geschuldet war.

„Weißt du was? Leck mich." Er war mit einem Ruck aufgestanden, hatte sich umgedreht und rannte über den Strand. Mit immer größeren Schritten, immer schneller, bis ihn die Dunkelheit verschluckt hatte.

❄

Ich stürmte in die Küche und merkte gar nicht, dass von meinen Stiefeln den ganzen Weg über der matschige Schnee abgefallen war und nasse Pfützen auf dem Dielenboden hinterlassen hatte.
Linda wischte grade mit einem Lappen über die Arbeitsplatten und sah überrascht auf, als sie mich erblickte.

„Also ganz ehrlich, dein Neffe hat ja wohl nicht mehr alle Latten am Zaun. Von wegen kooperativ. Weißt du, was der zu mir gesagt hat? Leck mich! So ein Vollidiot! Was bildet der sich denn bitte …"

„Stopp!“ Sie hatte den Lappen auf den Boden geworfen und mir beide Hände auf die Schulter gelegt.

„Josie, beruhig dich erstmal.“

Wir standen uns gegenüber und ich bemühte mich, langsamer zu atmen.

„Linda, er hat *leck mich* zu mir gesagt. Ich hab ihm doch überhaupt nichts getan!“

Naja, so ganz stimmte das zwar nicht, aber nur, weil ich ihm nicht über den Weg laufen wollte, hatte er ja wohl noch lange nicht das Recht, so mit mir zu reden.

„Okay, ist jetzt egal, so geht's ja nicht weiter. Ich erklär's dir.“ Und nach einem tiefen Seufzer: „Eierpunsch?“

Ich nickte und merkte, wie sich mein Brustkorb allmählich langsamer hob und senkte.

Der dampfende Punsch stand vor uns, und diesmal hatten wir uns nicht in die Gaststube gesetzt. Linda hatte mich mit nach oben genommen, ins ausgebaute Dachgeschoss. In ihre Wohnung.

Schon als sie die Tür aufgesperrt hatte, kam mir ein

wohliger, weihnachtlicher Duft entgegen. Der hellgraue Teppichboden bildete einen starken Kontrast zu dem bunten Sammelsurium, das sie in den Räumen angehäuft hatte. Wirklich alles andere war bunt, bei den Kissen und dem Bezug auf dem Sofa angefangen, über die bodentiefen Vorhänge an den mit frischen Tannenzweigen dekorierten Fenstern und die Tischdecke auf dem unglaublich großen Esstisch bis hin zu den Bilderrahmen an den in verschiedenen, knalligen Farben gestrichenen Wänden. Obwohl diese Farbexplosion absolut nicht meins war, fühlte ich mich augenblicklich wohl bei ihr. Und natürlich auch ein bisschen geehrt, weil sie mich in ihre privaten Zimmer, in ihr Zuhause ließ.

Während Linda erzählte sank ich immer tiefer in die Polster des kleinen Zweisitzersofas, auf dem wir Platz genommen hatten. Meine Tasse war schon nach ein paar Minuten leer, weil ich etwas brauchte, an dem ich mich festhalten konnte. Und da sie es mit dem Schuss Rum leicht übertrieben hatte und schon der Eierlikör als Basis ziemlich stark war, benebelte er mich auch kopfmäßig, was ich grade echt gut gebrauchen konnte. Sie hatte mir schon dreimal nachgeschenkt, als sie zum Ende kam und mich erwartungsvoll ansah. Doch das, was ich grade über Thies erfahren hatte, verschlug mir wirklich die Sprache.

„Verstehst du jetzt, warum er das gesagt hat? Josie, es tut mir leid, ich hätte ihm gleich reinen Wein einschenken sollen. Stattdessen hab ich das auf dich abgewälzt. Das war nicht fair, euch beiden gegenüber."

Das stimmte allerdings.

„Ist schon gut. Er hätte niemals mit mir geredet, wenn er gewusst hätte, um was es geht."

Wir ließen uns gleichzeitig zurückfallen und streckten die Beine aus.

„Und was machen wir jetzt?"

„Nun, ich würde sagen, du gehst jetzt ins Bett und ich versuche, ihn morgen vor der Arbeit zu erwischen."

„Was macht er eigentlich beruflich?" Darüber hatte ich mich mit ihm noch gar nicht unterhalten.

„Er ist Fischer. In der Saison schippert er mit Touristen auf der Ostsee herum und das restliche Jahr über fängt er Fische. Übrigens auch die, die du im Eintopf gegessen hast. Ganz frisch bringt er sie mir immer mit."

Ihre Hand klatschte leicht auf meine Jeans. „Er ist ein Schatz, Josie. Wirklich. Und ich wünschte, er würde dir das irgendwann auch zeigen."

Oh Linda, das hat er schon. Ganz kurz nur, aber er hat es mir gezeigt. Und mit dem, was ich jetzt über ihn wusste, würde ich ihm keine einzige Sekunde mehr böse sein können. Verdammt.

NEUNTES KAPITEL

Zwei Tage zogen ins Land, in denen sich Thies mir nicht zeigte. Am ersten Abend war ich sogar im schlimmsten Schneegestöber aufgebrochen, um ihn zu suchen, doch weder am Strand hatte ich ihn gefunden noch in der kleinen Bar. Und wo er wohnte wusste ich noch immer nicht, also gab ich auf und fuhr auf der eisglatten Straße zurück in die Pension. Auch Linda machte sich rar, und wenn ich bei ihr im Speisezimmer saß und sie mir das Abendessen brachte, war sie irgendwie fahrig und auch -für ihre Verhältnisse- kurz angebunden.

„Er braucht Zeit, weißt du."

Oh ja, das verstand ich nur zu gut. Das Problem war nur, dass auch die Mama von Anna Zeit brauchte.

Am dritten Tag dann trafen wir uns. Ich verbrachte grade meine Mittagspause im Auto, als ich im Rückspiegel seine alte Rostlaube auf den Parkplatz abbiegen sah. Er parkte direkt neben mir und stieg aus, wobei die untere Kante seiner Fahrertür einen der überall auf dem Platz aufgetürmten Schneehaufen rammte. Da ich keine Anstalten machte, es ihm gleich zu tun, einfach weil ich keine Ahnung hatte, was ich sagen sollte, kam er betont lässig zur Beifahrerseite meines Autos gelaufen, öffnete die Tür und manövrierte seine langen Beine und sich selbst auf den Sitz.

Minutenlang schwiegen wir. Er begutachtete durch die Windschutzscheibe die mit glänzenden, roten Kugeln behangene Tannengirlande über dem überdimensionalen Weihnachtszimmer-Schild an der Außenwand der Halle und ich starrte nach links in sein Auto, an dessen Rückspiegel ein winziges Plüscheinhorn baumelte.

„Das ist mir noch nie aufgefallen …", murmelte ich und zog damit seine Aufmerksamkeit auf mich. Mit Sicherheit hatte diese vorher auch schon bei mir gelegen, aber jetzt zeigte er eine Reaktion.

„Das Pferdchen?"

Ich nickte langsam. Pferd, Einhorn, für den Moment komplett egal.

„Das hängt auch erst seit gestern da."

„Thies, es tut mir …"

„Muss es nicht. Du kannst ja nichts dafür."

„Aber deswegen kann es mir doch trotzdem leidtun?" Ruckartig wandte ich mich nach rechts und sah ihm direkt ins Gesicht. Das Blau seiner Augen sah aufgewühlt aus, tief und unruhig und es lag ein Anflug von Sehnsucht darin.

Er senkte den Blick und holte tief Luft.

„Klar. Sorry. Also, Linda hat gesagt, dass sie dir alles erzählt hat? Fand ich ehrlich gesagt ziemlich mies von ihr, aber gut. Wir haben uns wieder vertragen, und irgendwie kann ich sie ja auch verstehen."

„Hat sie, ja. Sie hat das nicht böse gemeint, sie möchte dir wirklich nur helfen."

„Weißt du, jeder meint immer, dass sie sowieso eine arrogante Tussi war und ich ihr nicht nachtrauern soll." Sein Körper spannte sich. „Das mach ich ja auch überhaupt nicht. Nicht mehr. Um sie geht es auch gar nicht, und das weiß auch jeder. Aber keiner spricht darüber, weil einfach keiner einen Plan hat, was er sagen könnte. Dafür gibt's scheinbar keine Worte."

Langsam schob ich meine Hand auf seinen Oberschenkel und begann, ganz leicht über den Stoff seiner Jeans zu streicheln.

„Ich hab sie alle lieb, wirklich, allen voran natürlich meine Eltern und Linda. Aber glaubst du, einer von ihnen hat es geschafft, einfach mal die Klappe zu halten? Einfach nur still zu sein? Für mich da zu sein? Sie hätten überhaupt nichts sagen müssen, doch stattdessen haben sie jedes Mal angefangen, über Clara zu lästern. Klar, kann ich ja verstehen, ich seh das mittlerweile genauso. Aber es geht doch nicht um Clara, sondern um meine Tochter!"

In genau diesem Moment wusste ich, warum keiner über seine Tochter gesprochen hatte, sondern nur über seine Exfreundin und das, was sie ihm damit angetan hatte, als sie die Sachen von sich und dem Mädchen gepackt hatte und mit ihr verschwunden war. Denn ich war genauso hilflos, wie alle anderen es waren. Wie seine Eltern, die ihre Enkeltochter liebten und sie genauso schrecklich vermissten wie er selbst. Und wie Linda, die Tränen in den Augen gehabt hatte, als sie mir von Thies' Familie erzählt hatte.

Er saß hier in meinem Auto, so nah bei mir, dass ich seinen Herzschlag hören konnte, der immer schneller wurde. So nah, dass ich ihn am liebsten an mich gezogen hätte, noch so viel näher. Und so nah, dass ich die glitzernden Tränen sehen konnte, die ihm über die stoppeligen Wangen liefen. Das, was ich dann tat, hätte tierisch ins Auge gehen können, weil ich überhaupt nicht wusste, wie er reagierte, wenn er traurig war, doch ich musste es einfach versuchen. Ich ignorierte den Schaltknauf und die angezogene Handbremse, die nach oben ragte und rutschte zu ihm, bis ich die Kante seines Sitzes unter meiner rechten Pobacke spürte. Und dann schloss ihn in meine Arme. Er wehrte sich nicht dagegen, im Gegenteil. Seine Hände umschlossen meinen Oberkörper und pressten sich fest an meinen Rücken und er vergrub sein Gesicht in meinen Locken. Sein Atem an meinem Ohr ging stoßweise und als sein Körper anfing, unkontrolliert zu beben, war es auch um mich geschehen. All meiner Vorsicht und all meinen Prinzipien zum Trotz konnte ich nicht anders, als ebenfalls meinen Tränen freien Lauf zu lassen. Seine Verletzlichkeit und sein Kummer brachen mir das Herz.

*

Thies sorgte dafür, dass ich mir den restlichen Tag freinehmen durfte, und als auch meine Tränen endgültig versiegt waren, fuhren wir zu Linda.
Sie schien auf uns gewartet zu haben, denn auf dem Esstisch in ihrem Wohnzimmer lag neben einer mit belegten Brötchen voll beladenen Platte und drei dampfenden Tassen Kaffee ein Block und ein Kugelschreiber bereit. Beides im Weihnachtsdesign natürlich.
Mit geröteten Wangen und einem strahlenden Lächeln begrüßte sie uns schon von der Tür aus, als wir die Treppe zu ihr nach oben stiegen. Und nachdem der erste Hunger gestillt war, fingen wir an.

„Sag mal Thies, warum ist sie eigentlich abgehauen?" Weder Linda noch er hatten mir bisher den Grund dafür verraten, und auch jetzt sprach keiner der beiden einfach, sondern Linda vergewisserte sich mit einem fragenden Blick bei Thies, ob sie mit mir darüber reden dürfte. Er schloss kurz die Augen, nickte dann aber.

„Nun, sie kam schon ziemlich arrogant rüber, als Thies sie uns das erste Mal vorgestellt hat. Rümpfte das spitze Näschen, als sie das Haus seiner Eltern gesehen hat und hat sich auch die ganze Zeit über standhaft geweigert, seinen Kutter zu betreten. Der würde nach Fisch stinken. Naja, ist eben so auf nem Kutter, nicht wahr? Da riechts eben manchmal ein bisschen fischig. Mein Geschirr hat ihr nicht gepasst und zum Einkaufen wollte sie immer in die Stadt fahren. Die Geschäfte hier hätten nur Dinge für *normale* Leute, hat sie gesagt. Naja, mit einem Blick, den kannst du dir nicht vorstellen. Auf jeden Fall hat Thies noch zwei Jobs gemacht, um ihr das Leben zu ermöglichen, von dem sie wohl immer geträumt hat. Und als die Kleine dann da war, war ihr das alles nicht mehr gut genug. Auf gut Deutsch gesagt wollte sie keinen einfachen Fischer als Mann." Betreten starrte sie in ihre Kaffeetasse, und da sie nicht weitersprach, übernahm Thies.

„Ich war ihr nicht gut genug, sag's doch einfach. Ist schon okay. Das Problem ist, dass sie mit meiner Tochter nach New York geflogen ist und ich sie seitdem nicht mehr gesehen hab. Ich weiß nicht, wo sie dort wohnt, kann ihr also auch nicht schreiben. Und Geld für den Flug hab ich auch nicht, von einem Hotelzimmer mal ganz abgesehen. Ich weiß ja auch gar nicht, ob ich sie überhaupt finden würde und wie lange ich da bleiben müsste." Ein leiser Seufzer drang aus seiner Kehle. "Und ob sie es überhaupt zulassen würde, dass ich sie sehen darf."

Linda war aufgestanden und zu der hellblauen Kommode gelaufen, die neben dem Fenster stand. Sie kam zurück und legte ein leicht verknicktes Foto vor mich auf den Tisch.

„Das ist sie. Amy."

Ein kleines Mädchen war zu sehen, vielleicht ein Jahr alt. Sie hatte kurze, blonde Löckchen und blaue Augen. Wie Thies.

„Wie niedlich", flüsterte ich.

Und wieder musste ich gegen die aufsteigenden Tränen ankämpfen. Dafür, dass ich vor anderen nicht heulte, passierte das momentan ganz schön oft.

„Sie ist ja noch so klein, da versteht sie natürlich überhaupt nicht, was passiert ist."

„Das war vor fünf Jahren, sie ist jetzt sechs."

Oh mein Gott, wie grausam war das denn bitte?

„Du hast sie seit fünf Jahren nicht gesehen?!" Dieses winzig kleine Detail hatte Linda nicht erwähnt.

Ein leiser Seufzer drang aus seiner Kehle.

„Und nichts von ihr gehört, nein."

Unvorstellbar. Eine Mutter maßte sich an, dem Vater sein Kind vorzuenthalten und meldete sich nicht einmal, um ihn wissen zu lassen, dass es der Kleinen gut ging? Fünf Jahre lang?

Die Zeit vor Weihnachten war doch die Zeit, in der man voller Hoffnung sein durfte. Die Zeit, in der Wunder geschehen konnten und in der die Macht der Liebe Berge versetzen konnte, nicht wahr? Während der man glaubte und die Wärme spürte, von der man überall umgeben war. Ich würde alles daransetzen, dass Thies dieses Jahr sein ganz persönliches Weihnachtswunder erleben konnte. Und ich hatte auch schon einen Plan.

„Das ist wirklich schrecklich. Ich kann mir gar nicht vorstellen, wie es dir dabei gehen muss."

Seine Antwort war ein Lächeln, das genauso bemüht wie traurig und müde aussah.

„Ich hab mich damit abgefunden. Vielleicht macht sie sich auf die Suche, wenn sie älter ist. Vorausgesetzt, Clara hat ihr von mir erzählt. Deswegen werde ich auch für alle Ewigkeit hierbleiben. Falls sie zurückkommt."

Schlucken, Josie, du musst schlucken.

„Wollen wir noch kurz über Anna und ihre Mutter reden? Aber ich verstehe, wenn du nicht dabei sein möchtest, wir können das auch alleine machen. Stimmt's, Linda?"

Fast gleichzeitig nickten und schüttelten die beiden ihre Köpfe.

„Anna kann ja nichts für die blöde Mutter von Amy."

„Linda, bitte", mahnte Thies, musste aber trotzdem grinsen.

„Ist doch so. Also, wie fädeln wir das Ganze ein?"

❄

Eine Stunde und jeweils vier Kaffee später stand unser Plan. Ich würde den Brief -im Namen des Weihnachtsmannes natürlich- beantworten und Anna darum bitten, gemeinsam mit ihrer Mama am nächsten Samstag zum Weihnachtsmarkt zu kommen. Laut der Absenderadresse, die sie hinten

auf den Brief geschrieben hatte, wohnten die beiden nur etwa zwanzig Minuten entfernt, was unser Unternehmen natürlich erheblich erleichterte -immerhin trudelten Tag für Tag Briefe aus ganz Deutschland im Weihnachtsmannpostamt ein.
Dort würde sich Thies für ein paar Stunden als Weihnachtsmann verkleidet die Wünsche der anwesenden Kinder anhören und auf Anna warten.
Gleichzeitig würden Linda und ich an ihrem Glühweinstand eine Tombola starten und kostenlose Lose an alle verteilen. Den Hauptgewinn würde es allerdings zweimal geben: eine Fahrt auf Thies' weihnachtlich geschmücktem und mit Lichterketten behangenem Kutter entlang der Küste. Mit Kinderpunsch und Glühwein. Die Erwachsenen könnten anderthalb Stunden einfach abschalten, den Alltag hinter sich lassen und die wunderbare Stille auf dem Meer genießen und Anna würde sich hoffentlich so richtig langweilen und mit den Eltern von Thies anbandeln, die den zweiten Hauptgewinn zugesteckt bekommen würden und deshalb auch mit an Bord wären. Linda wäre natürlich auch dabei, um die Gespräche in die richtige Richtung zu lenken und im besten Fall würde

sich das Ganze so entwickeln, dass alle sich blendend verstehen und unsere Stupser annehmen würden, so dass Anna bald schon ein paar Stunden in der Woche mit Thies' Eltern verbringen dürfte. Ihre Mama hätte Zeit für sich, seine Eltern könnten sich um ein liebes Mädchen kümmern und wären zumindest ein bisschen von ihrem Schmerz über den Verlust ihrer Enkeltochter abgelenkt. Und die kleine Anna müsste kein schlechtes Gewissen mehr haben und würde hoffnungslos betüddelt werden. Laut Thies waren seine Eltern nämlich die liebevollsten Eltern der Welt und würden mit Sicherheit auch Anna herzlich aufnehmen. Wenn sie denn einverstanden mit dem wären, was wir vorhatten …

Noch am selben Abend rief ich Natalie an. Es war kurz vor elf, doch da sie eine absolute Nachteule war und niemals vor zwei oder drei Uhr morgens ins Bett ging, hob sie schon nach dem ersten Klingeln ab.

„Ist alles okay? Hältst du noch durch?“

Im Gegensatz zu ihr brauchte ich meinen Schlaf, was sie natürlich wusste, und als ich ihre alarmierte Stimme hörte, musste ich lachen.

„Mit mir ist alles in Ordnung, brauchst dir keine Sorgen zu machen. Und natürlich halte ich durch."

„Naja, so natürlich ist das bei dir nicht. Höre ich da etwa weihnachtliche Klänge bei dir im Hintergrund?"

Aus dem altmodischen Radio, das neben dem Röhrenfernseher stand, dudelte tatsächlich ein Weihnachtslied. Ich hatte nicht einmal drüber nachgedacht, als ich es angeschaltet hatte und sogar mitgesummt, bevor ich auf Natalies Namen in der Anrufliste gedrückt hatte.

„Ja, vielleicht."

Sie gluckste.

„Du, ich bräuchte mal deine Hilfe. Ist aber streng vertraulich, hier darf wirklich niemand was davon wissen!"

„Ehrensache. Du kennst mich, Josie."

Genau das war ja das Problem …

„Gut. Danke. Also, dieser junge Anwalt, der an Heiligabend immer ins Büro kommt und uns mit Mandarinen bewirft, kennt der sich zufällig mit Familienrecht aus? Also, Sorgerecht und so? Vielleicht auch mit Kindesentführung?"

„Alter Schwede, was geht denn bei dir ab? Ich

dachte, dieses Himmelberg wäre ein beschauliches Dörfchen, in dem zwar alle nen kleinen Knall haben, aber sonst doch eher friedlich sind. Ist sicher alles okay? Hast du dich strafbar gemacht? Ich hoffe, du hast kein Kind entführt, weil es direkt vor dir ein Weihnachtsgedicht aufgesagt hat oder sowas ...?"

„Du spinnst ja", lachte ich. So laut, dass ich sicher war, Linda oben hätte es gehört.

„Würde ich niemals tun, außerdem ist dieses ganze Weihnachtsgedöns auch gar nicht so wahnsinnig schlimm. Nee, es geht um jemanden, den ich hier kennengelernt hab. Er hat eine Tochter, aber die Mutter ist einfach mit ihr verschwunden. Vor fünf Jahren schon, nach Amerika, und er hat keine Ahnung, wo er anfangen soll, sie zu suchen. Ich weiß auch gar nicht, wie das mit den Behörden da ist, ob die einem helfen und so. Und so viel Geld, dass es für den Flug und den vielleicht wochenlangen Aufenthalt im Hotel reicht, hat er nicht." Einen Moment lang hörte ich nur ihren Atem durch den Hörer, bevor sie mit aufgeregter Stimme antwortete.

„Okay Josie, es gibt da was, das du noch nicht

weißt. Ich schwöre dir, dass ich es dir sofort erzählen wollte, wenn du wieder da bist! Wirklich. Egal. Also, ich bin seit ein paar Wochen mit nem Anwalt zusammen. Der ist echt süß, bisschen älter als ich. Gut, bisschen viel älter. Aber das Alter wird sowieso ständig überbewertet, man ist ja schließlich so alt, wie man sich fühlt, oder? Er …"

„Natalie, komm auf den Punkt!", rief ich mitten in ihren Redeschwall. Normalerweise machte es mir nichts aus, wenn sie vom Hundertsten ins Tausendste kam, doch diese Angelegenheit duldete keinen Aufschub.

„Jaja, ist ja gut. Auf jeden Fall hat er eine eigene, ziemlich gut laufende Kanzlei mit Connections in die USA, und sein Spezialgebiet ist -Trommelwirbel bitte!- Familienrecht. Na, was sagst du jetzt?"

Ehrlicherweise gar nichts, denn ich war absolut sprachlos. Konnte das noch Zufall sein? An dieses Schicksalsding hatte ich noch nie geglaubt, doch langsam kamen mir echte Zweifel …

„Josie? Hallo?"

„Äh, ja, bin noch da", krächzte ich ins Handy.

„Sehr schön, ich sag ihm, dass er dich sofort anrufen soll, ja?"

„Jetzt noch?“

„Ja klar jetzt noch, der Abend ist noch jung, Süße.“

Ein fröhliches Lachen und eine herzliche Verabschiedung später legten wir auf. Da ich nicht daran glaubte, dass ein gefragter Anwalt mich um diese Uhrzeit zurückrufen würde, beschloss ich, mich bettfertig zu machen.

Grade, als ich den ganzen Mund voller Zahnpasta hatte, klingelte doch tatsächlich mein Handy. Schnell spuckte ich den weißen Schaum ins Waschbecken, rannte wieder zum Nachtschränkchen, neben dem sich die einzige freie Steckdose befand und auf dem mein Telefon am Ladekabel hing und drückte auf das Annehmen-Symbol. Es war Natalies Anwalt.

❄

Nach dem Gespräch, das fast eine halbe Stunde gedauert hatte, sank ich erschöpft in die weiche Matratze. Was auch immer meine Freundin ihm erzählt hatte, er versicherte mir mehrmals, dass er meinen „Fall“ zur Chefsache erklärt hatte.

Was hieß, dass er persönlich nach New York fliegen würde, um vor Ort zu recherchieren. Natalie würde es ganz bestimmt entgegenkommen, dass er vorhatte, diesen Aufenthalt als „Christmas-Shopping in Manhattan“ zu tarnen und sie selbstverständlich mit ihm kommen würde. Mir persönlich war es vollkommen egal, wie er diese Reise nannte, ich war einfach nur überwältigt davon, dass ein wildfremder Mensch so hilfsbereit war und noch nicht einmal dafür bezahlt werden wollte! Er wollte wirklich keinen Cent für den Flug und das Hotel haben und auch nicht für die Zeit, die er in die Suche nach Amy investieren würde. Es war einfach nur unglaublich. Sobald er irgendetwas herausgefunden hatte, würde er mich sofort informieren.
Natürlich konnte ich mit niemandem darüber reden, denn erstens wusste ich ja nicht, ob Thies das überhaupt in der Form gutheißen würde und zweitens stand die ganze Zeit die Frage im Raum, ob das alles überhaupt von Erfolg gekrönt wäre. Bis ich mehr wusste, musste ich die Füße stillhalten, ich wollte schließlich nicht die Pferde scheu

machen. Was mir unglaublich schwer fiel, vor allem, wenn ich Thies dabei beobachtete, wie er sich in die Vorbereitungen für unseren Anna-und-Mama-Plan stürzte.

Ich wünschte mir so sehr, dass es auch für ihn ein Happy End geben würde, dass mir jedes Mal, wenn ich in seine Augen blickte, das enge Band, das sich dann um mein Herz legte, die Luft zum Atmen nahm. Ich war mir so sicher wie noch bei nichts zuvor, dass er seinen Eltern in Bezug auf das Liebevolle, das Papasein in nichts nachstand.
Glaub einfach daran, Josie.
Und das versuchte ich.

Die nächsten Tage flogen nur so dahin. Tagsüber beantwortete ich Briefe, die die üblichen Wünsche der Kinder dieser Zeit enthielten und ab dem Nachmittag verbrachte ich entweder mit Thies Zeit am Strand oder in der Bar an der Ecke oder wir saßen bei Linda in der warmen Wohnung und rollten Lose für die Tombola. Für die Nebenpreise schrieben wir kleine Gutscheine und gingen im Dorf von Geschäft zu Geschäft und von Haus zu Haus und

sammelten Krimskrams ein. Wirklich jeder einzelne Mensch gab etwas dazu, und in kürzester Zeit hatten wir so viele Dinge beisammen, dass es wahrscheinlich auch noch für die nächsten beiden Jahre reichen würde.
Ich lernte alle Bewohner dieses kleinen Küstenstädtchens kennen, und je mehr ich mich ihnen und auch allem anderen öffnete, desto schwerer fiel es mir, an meine Abreise in einer Woche zu denken. Irgendwie hatten sich diese verrückten Leute klammheimlich in mein Herz geschlichen. Linda, deren Gesicht durch die vielen Kekse immer pausbäckiger wurde –„Bis zum Sommer ist das alles wieder runter“, lachte sie, während sie sich das nächste Vanillekipferl zwischen die Lippen schob- und natürlich dieser überhaupt nicht mehr wortkarge, bommelmützentragende und so verdammt gut duftende Seebär. Pardon, Fischer. Fischkutterkapitän. Wie auch immer. Thies eben.

Nachdem ich wusste, warum er diese Schutzmauer um sich herum aufgebaut hatte und er selbst es war, der sie schließlich zum Einstürzen brachte, war alles zwischen uns so viel leichter geworden. Wir redeten und lachten, liefen Hand in Hand über die verschneite Promenade und er hatte mich sogar schon mit zu sich nach Hause genommen. Er wohnte in einem wirklich winzigen Häuschen am Rand des Waldes, nur einen Katzensprung vom Strand entfernt und ungefähr einen Kilometer außerhalb des Dorfes. Das weitläufige Grundstück war natürlich zu dieser Jahreszeit so gut wie kahl, bis auf eine große Tanne, ein paar immergrüne Büsche und die nackten Rosensträucher war nicht viel zu sehen. Doch im Haus selber war es so richtig wohnlich und sehr gemütlich. Er hatte den offenen Kamin angeschürt, und während das Feuer knackte und knisterte saßen wir eingemummelt in eine dicke, rote Wolldecke auf seinem Sofa.

Er erzählte von früher, von seiner Kindheit und von Amys erstem Lebensjahr. Davon, dass er eigentlich nie wieder Gefühle zulassen wollte, für keine Frau der Welt.

„Eigentlich?“, hatte ich gefragt, woraufhin er mir die wortloseste und schönste Antwort gab, die ich hätte bekommen können.

Wir schipperten mit seinem Kutter rüber nach Hiddensee und verbrachten dort wunderbare Stunden in der Gaststätte am Hafen und am einsamen Strand, und auf der Rückfahrt durfte ich das Steuer übernehmen. Auf seinem Boot gab es tatsächlich noch eins dieser alten, hölzernen Steuerräder, und mit ihm und seinem warmen Körper, der sich von hinten an mich schmiegte und mich hielt fühlte ich mich, als wäre ich die Königin der Welt. Und weil ich in diesem Moment unantastbar, unverletzlich war, erzählte ich ihm von Mirko. Von seinem Autounfall und davon, dass auch ich mir geschworen hatte, nie wieder einen Mann in mein Leben zu lassen. Und dass ich Weihnachten und alles, was damit zu tun hatte, deswegen hasste. Er war auf eisglatter Fahrbahn von der Straße abgekommen und mit seinem Auto gegen einen Baum geschleudert. Noch am Unfallort war er verstorben. Die Rettungskräfte hatten keine Chance mehr, etwas für ihn zu tun. Mitten in der Vorweihnachtszeit hatte ich ihn verloren. Meine Liebe verloren. Und mit ihr alles, an das ich je geglaubt hatte.

„Wenn du das nächste Mal mit deiner Freundin telefonierst, kannst du ihr etwas von mir ausrichten?“ Der eisige Wind mitten auf dem Meer zerrte an unseren Jacken, fuhr unter unsere Mützen und trieb uns beiden die Tränen in die Augen.

„Sicher. Was denn?“, fragte ich blinzelnd. Das Lächeln, das er mir schenkte, wischte augenblicklich auf wundersame Art und Weise alle nicht so schönen Gedanken hinfort. Seine Augen strahlten trotz der Kälte in einem so wunderschönen Blau, dass ich am liebsten in ihnen versunken wäre.

„Danke. Sag ihr einfach nur danke.“

Hatte ich zuvor noch Zweifel gehabt, ganz egal an was, so war ich mir spätestens jetzt sicher. Ganz sicher. Ich hatte mich in diesen Kerl verliebt, und zwar bis über beide Ohren. Und in den Fischgeruch, der auf dem Kutter ganz leicht wahrnehmbar war. Und in seine doofe Bommelmütze. Und in Weihnachten. In einfach alles, was zu ihm gehörte. Und das war mein ganz eigenes Weihnachtswunder, denn niemals hätte ich geglaubt, dass ich das zulassen würde. Die ganze Zeit über hatte ich mich selbst und auch alle anderen Menschen in meinem

Leben bestraft. Mir selbst auferlegt, meine Gefühle nur in der einen Richtung zu erlauben. Ich hatte mich selbst in meiner Trauer gefangen gehalten, obwohl ich tief in mir wusste, dass Mirko das nicht gewollt hätte. Er war so lebenslustig gewesen, und ganz egal, welchen Schicksalsschlag er auch hinnehmen musste, stets hatte er gesagt, dass das Leben weiterginge. Und das auch genau so gemeint. Mit einem Mal wurde mir klar, dass dieser ätzende Spruch, dass er auch nicht wieder lebendig wurde, wenn ich mich vergrub und ständig miesepetrig durch die Gegend lief, stimmte. Ich hatte diese Worte immer als absolut pietätlos empfunden und immer alle schönen Gefühle, die ich hatte -vor allem eben zu dieser doch irgendwie besonderen Zeit im Jahr-, sofort im Keim erstickt und dabei so viele liebe Menschen vor den Kopf gestoßen. Und mir selbst das Leben schwerer gemacht, als ich es hätte tun dürfen. Schließlich hatten wir ja nur dieses eine, und wie schnell es vorbei sein konnte, hatte mir Mirko gezeigt.

Ja, ich würde es zulassen. Ich würde das ab sofort ändern! Für Mirko, aber vor allem auch für mich.

Und wie gut mir das tat sah ich jedes Mal, wenn ich Thies nahe sein konnte.

SAMSTAG, DER 23. DEZEMBER

Jedes Jahr fand hier im Ort am Samstag vor Heiligabend der Weihnachtsmarkt auf dem Platz rund um die riesige Tanne statt.

Seit dem frühen Morgen herrschte geschäftiges Treiben, Holzbuden wurden zusammengehämmert und aufgebaut und die üppige Dekoration an den fertigen Häuschen, den Straßenlaternen, dem kleinen Steinbrunnen und einfach überall dort, wo es nur möglich war, verteilt. Wirklich überall hingen duftende Tannenzweige, die kalte Luft war erfüllt von Punschgewürzen und süßem Waffelduft und als Thies mit ein paar anderen Männern die großen Lautsprecher an die Fassade des Rathauses gehängt hatte, erklangen auch passend zur ganzen Szenerie die ersten Weihnachtslieder.

Zwischen Shakin' Stevens und einem Kinderchor, der mit glockenhellen Stimmen seine Version von „Ihr Kinderlein kommet“ zum Besten gab, füllte sich der Platz zwischen den geschmückten Buden langsam, und Thies schlüpfte in sein Weihnachtsmannkostüm. Ich half ihm, den weißen, wuscheligen Bart anzulegen und Linda klebte ihm die buschigen Brauen über die Augen.

„Keine Sorge falls du deine eigenen heute Abend mit abreißt, ich hab nen schwarzen Edding in der Küche liegen", kicherte sie und ignorierte seine jetzt doch etwas besorgte Miene.

Es dämmerte bereits, als er auf die kleine Bühne stieg, und noch bevor er sich auf den bereitgestellten Sessel setzen konnte, krabbelten ihm schon die ersten aufgeregten und vor Freude strahlenden Kinder auf den Schoß. Ich konnte meinen Blick kaum von ihm abwenden, so fasziniert war ich von diesem Anblick, doch Linda winkte schon hektisch aus der Luke hinter dem Holztresen hervor.

Die Tombola war groß angekündigt worden und durch unsere Sammelaktion hatten ja auch alle Bewohner von Himmelberg davon gehört, dementsprechend wurde die Menschentraube vor unserem Stand von Minute zu Minute größer.

„Ob Anna und ihre Mutter schon da sind?“, flüsterte ich ihr fragend ins Ohr, während ich die Spendenkasse aufstellte und eine der beiden durchsichtigen Losbehälter in die Hände nahm.

„Keine Ahnung, aber sie wird ja hoffentlich zuerst zu Thies gehen, und der fragt jedes Kind nach seinem Namen.“

„Ja klar, und wenn ein Mädchen sagt, dass es Anna heißt, dann hakt er ein bisschen nach und gibt uns ein Zeichen.“

„Genau. Und denk dran, die Hauptgewinne nur an seine Eltern und an Anna oder ihre Mama.“

Ich nickte, stieg mit der Lostrommel die beiden Stufen aus der Bude hinunter und begab mich in die Menge.

Thies hatte mir ein Foto seiner Eltern gezeigt, und tatsächlich dauerte es nicht einmal zehn Minuten, bis ich sie entdeckt hatte. Eilig rannte ich zu Linda an den Tresen, die mir eins der Hauptgewinnröllchen in die Hand drückte und sofort machte ich mich auf den Weg zurück.

Sie waren zwar ziemlich perplex, als ich ihnen ihr Los entgegenstreckte, nahmen es aber mit einem wirklich lieben Lächeln an.

„Darf man heutzutage nicht mehr selber ziehen?“, fragte sein Vater verschmitzt, woraufhin seine Mutter ihn leicht in die Seite knuffte.

„Also Dieter, wirklich. Ich bin sicher, die junge Dame hat ein glückliches Händchen und das beste Los für uns ausgesucht. Nicht wahr?“

Die rhetorische Frage war an mich gerichtet, also erwiderte ich ihr Lächeln und nickte eifrig dazu.

„Ganz genau so ist es. Zum Einlösen Ihres Gewinns können Sie sich einfach bei Thies oder Linda melden. Ich wünsche Ihnen alles Glück dieser Welt!“

Ohje, viel zu übertrieben.

Ich spürte die verwunderten Blicke der beiden, als ich schnellen Schrittes und auf meiner Unterlippe kauend in der Menschenmenge abtauchte.

Eine Stunde später war Anna immer noch nicht bei Thies aufgetaucht. Er hatte zwar noch sichtlich Spaß daran, den Weihnachtsmann zu spielen und dabei zuzusehen, wie die vielen kleinen und großen Kinder strahlten, als sie ihn erblickten, aber so langsam wurde auch er nervös. Wir wussten nicht, wie lange es seine Eltern bei diesen Temperaturen noch hier auf dem Markt aushalten würden, und da alle vier gemeinsam auf dem Kutter fahren sollten, mussten wir möglichst auch allen gleichzeitig ihren Gewinn verkünden und mit ihnen gemeinsam den Zeitpunkt abstimmen. Vielleicht würden seine Eltern sonst vorschlagen, dass er ja auch einfach zwei Touren fahren könnte, und genau das mussten wir um jeden Preis vermeiden.

Immer wieder trafen sich unsere Blicke, während sie auf dem Platz umherirrten und Ausschau hielten, obwohl keiner von uns wusste, nach wem genau wir suchen mussten.
Meine Füße steckten in dicken Wollsocken und schwarzen, gefütterten Eskimostiefeln, die Linda mir geliehen hatte und trotzdem spürte ich meine Zehen nicht mehr. Grade, als ich wieder zu Linda und dem herrlichen Glühweinduft in die Bude stieg, vibrierte mein Handy, das ich die ganze Zeit in der Hosentasche mit mir herumtrug um auch ja den Anruf von Natalies Anwalt nicht zu verpassen. Ich hatte gehofft, dass es Neuigkeiten geben würde solange ich noch hier wäre, und scheinbar hatte man mich erhört. Die Nummer, mit der er mich vor ein paar Tagen angerufen hatte, stand im

Display. Schnell drückte ich auf den grünen Knopf, brüllte „Moment bitte!“ in den Spracheingang und ließ eine verdutzte Linda stehen, die mir grade eine bis zum Rand gefüllte Tasse vor die Nase halten wollte.

❄

Ich lief an den Häuserreihen hinter den Holzbuden entlang und fand schließlich einen Durchgang, der in einen ruhigen Hinterhof führte. Nachdem ich mich vergewissert hatte, dass niemand das Gespräch belauschen konnte, hielt ich mir das Handy wieder ans Ohr.

„So, jetzt. Entschuldigen Sie bitte, ich bin grade auf einem Weihnachtsmarkt.“

„Ach wie schön, Natalie hat mir schon erzählt, dass Sie in diesem Weihnachtsstädtchen arbeiten. Ich möchte Sie auch nicht lange stören, aber der Grund, aus dem ich anrufe, dürfte Sie interessieren.“

Ich schluckte. Noch immer wusste ich nicht, ob das, was ich angeleiert hatte, in Ordnung war.

Würde Thies es mir verzeihen, dass ich mich einfach über ihn hinweggesetzt hatte?

„Josefine, sind Sie noch dran?“

„Ja, ich bin da. Okay, bitte schießen Sie los.“

„Gut. Genauer gesagt gibt es zwei Gründe. Ich mache es kurz, Natalie möchte nochmal in die Fifth Avenue. Herrje, diese Frau kostet mich ein kleines Vermögen.“

Als ich sie im Hintergrund „Ich revanchier mich, Baby!“ rufen hörte, musste ich lachen. Ja, Natalie war schon eine Klasse für sich. Im Büro wurde sie des Öfteren als männerfressender Vamp bezeichnet, womit sie sich, hätte sie davon gewusst, durchaus hätte anfreunden können.

„Gut, jetzt muss es wirklich schnell gehen. Also, ich habe die Mutter und das Kind gefunden und sie hat bereits eingewilligt, sich das Sorgerecht mit Ihrem Freund ab sofort zu teilen. Ist in trockenen Tüchern, ich habe das schriftlich. Gericht und so weiter ist quasi nur noch eine Formsache. Die Sache mit der Kindesentführung hat ihr wohl mächtig Angst gemacht.“

Sein äußerst zufriedenes Lachen erklang.

„Im Sommer wird das Kind jedes Jahr zwei Monate bei seinem Vater verbringen und die kurzen Ferien werden aufgeteilt, allerdings ebenfalls im Sinne des Vaters. Und bevor Sie fragen, ja, die Kleine möchte ihren Papa unbedingt kennenlernen. Aufgrund der Umstände wurde sie die Woche nach Neujahr von der Schule freigestellt, Mutter und Kind werden übermorgen in Deutschland landen. Die genaue Zeit teile ich Ihnen noch mit. Jahaa, ich komm ja schon, meine Zuckerschnute! Also, ich hoffe, ich konnte Ihnen behilflich sein, trinken Sie einen Glühwein für mich mit! Auf Wiederhören."
Ehe ich auch nur ein Piepsen herausgebracht hatte, von einem Dankeschön ganz zu schweigen, erklang schon das Tuten an meinem Ohr.

Ganz langsam sank ich an der rauen Fassade, an die ich mich während des Telefonats angelehnt hatte, nach unten auf den festgetretenen, gefrorenen Schnee. Ich spürte weder die Kälte unter meinem Hintern, noch irgendetwas anderes.

Natalies Freund hatte sie tatsächlich gefunden. Thies' Tochter. Und übermorgen würde er sie endlich in die Arme schließen können.

Nach fünf Jahren, in denen er kein einziges Lebenszeichen von ihr erhalten hatte. Und natürlich würde Amys Mutter sie begleiten. Seine Exfreundin …
War das Band, das zwischen ihm und mir zu wachsen begonnen hatte, schon stark genug für sowas? Waren unsere Gefühle füreinander stark genug? Ich wusste es nicht, aber jetzt gab es definitiv kein Zurück mehr. Er musste davon erfahren, und zwar so schnell wie möglich. Und wenn er mir nicht verzeihen würde, dann war es eben so. Morgen würde ich sowieso abreisen, was machte es also, wenn er wütend wurde? Amy war schließlich seine Tochter. Die Liebe seines Lebens. Natürlich war es wichtiger, dass er wieder an ihrem Leben teilhaben durfte, dass er sie aufwachsen sah und jetzt endlich die Gelegenheit bekam, das, was er bisher verpasst hatte, zumindest ansatzweise nachholen zu können.
Ich war nur irgendjemand, aber sie war seine Familie.

*

„Josie? Joooosiiiiiie", schallte es vom Weihnachtsmarkt herüber. Es war Linda, und ihre Stimme wurde immer lauter, bis sie sich schließlich seitlich durch den Gang zwischen den Häusern hindurchquetschte und sich suchend in der dunklen Gasse umguckte.

„Wo bist du denn, Himmel nochmal?"

Seufzend stand ich auf und ging ihr mit wackeligen Knien entgegen.

„Ich bin hier."

„Puh, dir ist nichts passiert. Sehr gut. Mensch, wir suchen dich alle! Was machst du denn da? Ist alles in Ordnung? Geht's dir gut?"

Der sorgenvolle Ausdruck in ihren Augen wich sofort wieder dem vertrauten Strahlen, als ich nickte.

„Anna war grade bei Thies, stell dir vor, die beiden sind wirklich gekommen! Und weil du ja nicht auffindbar warst, hab ich einfach deinen Part übernommen und ihrer Mama das Los in die Hand gedrückt. Sehr nette Frau übrigens, und die Kleine ist ja wirklich total niedlich. Das wird bestimmt was."

Aufmunternd klopfte sie mir auf den Rücken und schob mich wieder in Richtung des Marktes.

Einen kurzen Moment lang überlegte ich, ob ich ihr alles erzählen sollte, entschied mich dann aber dagegen. Linda war zwar Thies' Tante, aber trotzdem sollte er vor allen anderen davon erfahren. Dabei brauchte ich keine Unterstützung, denn meine Arbeit im Weihnachtsmannpostamt war sowieso erledigt, ich könnte also einfach klammheimlich meine Sachen packen und noch heute abreisen, wenn er sauer werden würde. Keiner müsste davon erfahren und ich könnte mir -zumindest offiziell und vor den anderen- meine Würde bewahren.

ZEHNTES KAPITEL

Thies hatte immer noch sein Kostüm an und schien sich auch überaus wohl darin zu fühlen. Er stand total entspannt an den Tresen von Lindas Bude gelehnt und nahm einen großen Schluck aus der dampfenden Glühweintasse in seiner Hand.
Als er mich entdeckte, stellte er sie sofort ab und kam bis über beide Ohren grinsend auf mich zu.

„Da bist du ja, mein Schatz."

Mein Schatz. Oh Thies …

„Linda hat's dir bestimmt schon erzählt. Ich hab grade mit meinen Eltern und Stefanie geredet, morgen Mittag starten wir die Tour. Treffpunkt ist um halb zwölf unten am Hafen."
Er klang ganz aufgeregt, und in seinem warmen, wunderschönen Lächeln lag eine kindliche Glückseligkeit, die jedem anderen das Herz hätte aufgehen lassen. Nur mir nicht.

„Hmm", murmelte ich bloß und griff zögerlich nach seiner Hand.

„Was hmm? Ach so, Stefanie ist die Mama von

Anna. Und sie ist zwar supernett, aber absolut nicht mein Typ, also keine Angst."

„Deswegen hab ich auch keine Angst."

„Deswegen ...? Du hast Angst? Aber wovor denn?"

Ganz zärtlich strich er mir eine lockige Haarsträhne aus der Stirn.

„Wir müssen reden, Thies."

Er nickte.

„Okay." Auf seiner Stirn erschienen Sorgenfalten, und mit einem Mal sahen seine Augen so traurig, so aufgewühlt aus wie ganz am Anfang.

In mir schrie alles danach, mich einfach in seine Arme zu werfen und für immer von ihm so fest gehalten zu werden, dass ich keine Chance hatte, jemals wieder von ihm los zu kommen. Denn genau das war es, was ich wollte. Ich wollte mit ihm zusammen sein, meinetwegen auch an diesem seltsamen Ort, den ich mittlerweile doch so liebgewonnen hatte. Ich wollte seine Freundin sein, seine Partnerin und alles, was man sich nur vorstellen konnte. Doch schon morgen wäre das alles hier vorbei und ich würde wieder in meine leere, einsame Wohnung zurückkehren. In mein altes Leben, denn genau das war es. Hier an der Ostsee hatte ich mitten in der mir doch so verhassten

Weihnachtszeit das gefunden, was ich wollte.
Ich erfuhr grade, wer ich wirklich war und konnte mir trotz der unsagbar kurzen Zeit ein Leben ohne diesen Mann an meiner Seite nicht mehr vorstellen. Liebe auf den ersten Blick? Wahrscheinlich nicht. Aber auf den dritten. Oder vielleicht auch auf den vierten.
Wenn ich ihm jetzt sagte, was ihn übermorgen erwartete und dass ich ihn nicht in diese so intime, persönliche Sache eingeweiht hatte, die mich eigentlich überhaupt nichts anging, dann …
Ja, dann wäre es vorbei mit mir und ihm.
Mit uns.

❄

Sein Auto stand in einer schmalen Seitenstraße. Nachdem er mir die Tür aufgehalten hatte und schließlich ebenfalls eingestiegen war, guckte er mir tief in die Augen.
„Josie, was ist los?"
Sein Blick drang direkt in mein Herz und verursachte dort erst dieses zauberhafte, wunderschöne Kribbeln, das ich immer spürte, wenn ich auch nur

an ihn dachte, um nur Sekundenbruchteile später zu einem unsagbar schmerzhaften Stechen und Pochen zu werden.

„Du weißt, dass du mir alles sagen kannst, ja?“

Schön wär's ...

Ich nahm all meinen Mut zusammen und fing an zu erzählen. Von meiner Bitte an Natalie und von dem ersten Gespräch mit ihrem Anwaltfreund. Vom Telefonat, das ich vorhin mit ihm geführt hatte, was er herausgefunden hatte und davon, warum ich das alles getan hatte. Und dass Amy nur noch zweimal schlafen musste, bis sie ihren Papa in die Arme schließen konnte.

Die ganze Zeit über liefen mir die Tränen über die Wangen, und auch seine Augenwinkel fingen an zu glitzern, als ich ihm sagte, dass seine Tochter ihn unbedingt wiedersehen wollte.

Doch kein einziges Wort verließ seine fest aufeinandergepressten Lippen. Wie in Zeitlupe hob er die Hand und strich mir über die Wange, die trotz der Kälte glühte wie flammendheißes Feuer.

Es fühlte sich so furchtbar endgültig an. Dann wendete er sich von mir ab.

Ich spürte mit jeder Faser meines Körpers, wie aufgewühlt er war.

„Es tut mir so leid, Thies."

Er war ausgestiegen und stand leicht gebeugt und mit hängenden Schultern vor der geöffneten Tür.

„Nett, dass du dir die Mühe gemacht hast."

Wieder senkte er seinen Blick, bevor er mich ein letztes Mal ansah. „Aber wenn ich das gewollt hätte, dann hätte ich mir selber jemanden gesucht."

Wie ein Häuflein Elend stand er da, bevor er sich mühsam und mit aller Kraft, die er grade aufbringen konnte, aufrichtete und langsam, mit bleischweren Schritten, über das glitzernde Kopfsteinpflaster die Straße entlang Richtung Promenade ging.

Noch lange blickte ich ihm hinterher, und jedes Mal, wenn er im goldenen Lichtkegel einer Laterne sichtbar wurde, krampfte sich mein Körper mehr zusammen.

Bis er schließlich in der Dunkelheit verschwunden war.

ELFTES KAPITEL

„Ich glaube nicht, dass er sauer ist, weil du das angeleiert hast. Josie, überleg doch mal! Es belastet ihn wirklich, schon seit Jahren, aber er hat einfach kein Geld, um rüber zu fliegen. Geschweige denn, um irgendjemanden zu bezahlen, der ihm bei seiner Suche hilft."

Linda stellte zwei Tassen mit heißer Schokolade auf den Tisch und schob eine davon zu mir herüber. Als Löffel diente eine rot-weiße Zuckerstange, mit der ich gedankenverloren die nächsten paar Minuten in der Tasse rührte.

„Ich hab mal gegoogelt, allein der Flug kostet schon mindestens tausendachthundert Euro, und ein günstiges Hotel bekommst du für vier- oder fünftausend Euro. Für zwei Wochen! Und es ist ja nicht mal gesagt, dass die Zeit dann auch reichen würde, um sie aufzuspüren. Die Mutter wollte ja genau das nicht. Naja, und von den Kosten für einen Anwalt, die Behörden und so, da brauchen wir ja gar nicht von anfangen."

„Du meinst also, er ist nicht wütend, weil ich ihm nix gesagt hab, sondern weil er sich … Hmm, naja, weil er meint, dass er …"

„Sprich's ruhig aus. Weil er genau das von sich denkt, was diese Schlange ihm eingetrichtert hat. Er ist ja nur ein einfacher, kleiner Fischer, der …"

„… es sich nicht mal leisten kann, in die USA zu fliegen, um seine Tochter zu finden", beendete ich ihren Satz.

Auch Linda fabrizierte nun mit der Zuckerstange einen Wirbelsturm in ihrem Kakao.

„So sieht's aus. Dabei ist er reicher als so manch anderer, aber davon kann er eben kein Ticket bezahlen. Und Hilfe annehmen kam für ihn noch nie in Frage. Deswegen wird er stinkig sein, aber in erster Linie auf sich selbst. Es dauert wahrscheinlich nur ein bisschen, bis er das auch begreift."

„Tja, selbst wenn du recht haben solltest … Es ist zu spät, morgen bin ich ja wieder weg."

Linda löste den Blick von ihrem Kakao und starrte mich mit riesigen, entsetzt wirkenden Augen an.

„An Weihnachten? Du willst an Weihnachten wieder fahren? Echt jetzt? Aber das kannst du doch nicht machen! Du gehörst doch jetzt dazu, und …“

Der Kloß in meinem Hals war wieder da, aber mindestens zehn Mal so groß wie sonst.

„Linda, es geht nicht“, unterbrach ich sie krächzend, bevor das Ganze noch rührseliger wurde und ich auch noch vor ihr das Heulen anfangen würde.

„Aber morgen ist doch die wichtige Kutterfahrt, du kannst doch nicht vorher einfach abhauen!“

„Sei mir nicht böse, aber ich kann mir grade echt Schöneres vorstellen, als mit Thies auf dem kleinen Boot in der Ostsee rumzudümpeln.“

Sie stand auf und durchquerte das Wohnzimmer. Am Fenster zupfte sie den bunten Vorhang beiseite und starrte hinaus in die sternenklare Nacht, bevor sie sich mit einem -für diese Situation- beunruhigend zufriedenen Gesichtsausdruck wieder zu mir drehte und mir fest in die Augen sah.

„Josie, ich verstehe dich. Sehr gut sogar. Und natürlich kann dich niemand dazu zwingen, länger hier zu bleiben. Aber eine Bitte hab ich noch.“

„Und die wäre?“

„Ich backe jedes Jahr am Dreiundzwanzigsten für alle Leute hier in Himmelberg Kekse. Würdest du mir dieses Jahr dabei helfen?"

Kekse backen? Ernsthaft? Das war ihre Bitte? Na, die würde ich ihr bestimmt nicht abschlagen, so liebenswürdig wie sie war. Das würde zu zweit nicht allzu lange dauern und packen könnte ich auch danach noch. Außerdem müsste ich dann weder jetzt im Dunkeln die lange Strecke fahren, noch grübelnd im Bett liegen, wenn ich mich morgen Früh auf den Weg machte. Das wäre eine hervorragende Ablenkung.

„Natürlich helfe ich dir dabei, Linda."

Hocherfreut klatschte sie in die Hände und sprang auf.

„Na dann, los geht's!"

*

Und wie es los ging. Innerhalb kürzester Zeit sah die Küche im wundervollen Hotel Zuckerstange aus, als wäre ein ganzer Mehlsack explodiert.
Linda war ja schon die ganze Zeit über, in der ich hier im Weihnachtsdorf mein Zuhause auf Zeit gefunden hatte, gut drauf gewesen, aber jetzt beim Backen …
Wirklich niemals zuvor hatte ich einen Menschen erlebt, der mit so viel Herzblut bei der Sache war. Ihre Wangen waren knallrot, ihre Stirn glänzte und ihre Augen funkelten und leuchteten mit den überall an den Regalen und Schränken hängenden Lichterketten um die Wette. Sie wackelte fröhlich mit dem Hintern, während sie jedes einzelne Weihnachtslied, das aus ihrem altersschwachen CD-Player tönte, mit einer kindlichen Freude miträllerte, die trotz der Umstände einfach nur ansteckend war.
Und so sangen und tanzten wir ausgelassen durch die Küche. Von der Arbeitsplatte, auf der wir mit Schwung den Teig kneteten, hinüber zu dem mitten im Raum stehenden, riesigen Tisch, auf dem die fertigen Kekse auf den Blechen abkühlten. Wir

stachen Glocken und Sterne und Tannenbäume aus, balancierten die vollbelegten Backbleche hoch über unseren Köpfen zum Ofen und tranken dabei die ein oder andere Tasse Eierpunsch.
Nachdem wir einen waghalsigen Twist auf den mehlbestäubten Fliesen hingelegt hatten und uns lachend die Bäuche hielten, waren auch die letzten Kekse goldbraun gebacken, abgekühlt und bereit dazu, in hübsche, mit weihnachtlichen Aufklebern verzierte, hellbraune Tütchen gepackt zu werden.

„Und jetzt kommt das Zweitwichtigste", flüsterte Linda schon fast ehrfürchtig.
Sie stieg auf eine halbhohe Trittleiter, streckte sich und hob aus dem obersten Regal eine riesige Pappschachtel, die sie neben den unzähligen Tüten auf den Tisch stellte.

In der Schachtel befanden sich die winzigsten Weihnachtskugeln, die ich jemals gesehen hatte. In Herzform, und mindestens zweihundert Stück davon.
Sehr überlegt, als würde nicht jedes Herz zu jeder Tüte passen, suchte sie eine nach der anderen heraus und reichte sie an mich weiter. Meine Aufgabe

war es, mit dem goldenen Ringelband an jede Kekstüte ein Herzchen zu binden.

„Das Zweitwichtigste …?“, fragte ich sie, doch sie lächelte nur dieses ihr ganz eigene, wissende Lächeln und schwieg.

Mittlerweile war es weit nach Mitternacht -offiziell gesehen war es also schon Heiligabend-, als wir die letzten Tüten in die Wäschekörbe gepackt hatten. Eine davon hatte sie auf dem Tisch stehen lassen, doch sie wollte mir nicht verraten, warum ich sie nicht ebenfalls in den Korb legen durfte.

„Josie, hab lieben Dank für deine Hilfe. Den Saustall beseitige ich später, geh nur ins Bett. Du hast eine lange Fahrt vor dir, nicht wahr?“

Nicht wahr? Sie wusste doch, wo ich wohnte und dass ich viele Stunden im Auto sitzen würde …

„Stimmt, ja.“

Wehmütig dachte ich an später. Daran, dass ich in mein Auto steigen und die Straße hinunter in Richtung Autobahn fahren würde. Weg von hier, weg von Linda und den ganzen anderen, herzensguten Menschen.

Weg von Thies.

Ich würde nicht dabei sein, wenn Anna und ihre Mama sich -hoffentlich- mit seinen Eltern anfreundeten und auch würde ich nicht miterleben dürfen, wenn er morgen seine Tochter vom Flughafen abholen würde. Würde sie auf ihn zugerannt kommen? Würde er sie in seine Arme schließen und sie lachend und glücklich durch die Luft wirbeln? Ich würde es nie erfahren.
Mit einer letzten Umarmung unterbrach Linda meine Gedanken.

„Pass auf dich auf, Josie."

Mehr als ein stummes Nicken brachte ich nicht zustande, und zum allerersten Mal war es mir komplett egal, dass mich jemand weinen sah.

THIES

Mein Handy zeigte zehn Uhr. Linda hatte mir gesagt, dass Josie gleich nach dem Frühstück aufbrechen wollte, also war sie jetzt wahrscheinlich schon auf der A19. Oder zumindest kurz davor.

Wir hatten nicht mehr miteinander geredet, seit ich aus dem Auto gestiegen war. Was hätte ich auch sagen sollen? Dass ich mir jede einzelne Sekunde in den letzten fünf Jahren nichts sehnlicher gewünscht hatte, als meine Tochter sehen zu dürfen? Dass ich ihr für immer und ewig dankbar sein würde, weil sie dieses Wunder wahr gemacht hatte? Ja, das hätte ich ihr sagen können. Wenn … Wenn da nicht dieser schale Beigeschmack gewesen wäre. Amy war meine Tochter, und Josie hatte absolut nichts mit ihr zu tun. Und doch war sie es, die alles in die Hand genommen hatte. Sie, nicht ich.

In der Spardose im Küchenschrank waren etwas über dreitausend Euro, die ich mir wirklich vom Mund abgespart hatte, um mich letztendlich irgendwann auf die Suche machen zu können. Meine Eltern hatten mir Geld schenken wollen und auch Linda hatte immer wieder davon angefangen, dass sie mir doch aushelfen könnte. Doch genau das wollte ich nicht. Ich wollte es alleine schaffen. Ja, ich war nur ein Fischer, und von Jahr zu Jahr wurde es schwieriger, über die Runden zu kommen, aber vor Clara, auf die ich ja dann zwangsläufig auch treffen würde, würde ich mir diese Blöße bestimmt nicht geben.

Denn genau das hatte sie dazu bewogen, mich zu verlassen. Ich machte ihr deswegen keinen Vorwurf, unsere Beziehung war von Anfang an eigentlich nur eine Zweckgemeinschaft gewesen, weil keiner von uns beiden allein sein wollte. Aber dass sie unsere Tochter mitgenommen hatte …

Wenn ich sie gefunden hätte, wäre sie so kooperationsbereit gewesen und hätte mich Amy sehen lassen? Oder sich mit mir das Sorgerecht geteilt? Mit Sicherheit nicht. Der Anwalt, von dem Josie mir erzählt hat, schien echt gewitzt zu sein. Ich wäre niemals drauf gekommen, sie quasi damit zu erpressen, dass sie mir Amy weggenommen hatte.

Im Endeffekt hatte ich die ganzen Jahre über meinen Stolz über meine Tochter gestellt, und das war etwas, was ich mir niemals verzeihen würde.

Jetzt war sie mit Sicherheit auf der Autobahn, die sie wieder zu sich nach Hause führen würde. Zurück in ihr Leben. In das Leben, in dem ich keine Rolle spielte.
Vom ersten Augenblick an war da etwas zwischen uns gewesen. Ich konnte es nicht beschreiben, es nicht in Worte fassen, weil es einfach nicht greifbar war. Sie hatte es auch gespürt, da war ich mir ganz sicher. Wie sie mir von ihrem Freund und dem schrecklichen Unfall erzählt hatte …
Sie sah dabei so verletzlich aus, so klein, und am liebsten hätte ich sie nie wieder losgelassen.
Oder vor ein paar Tagen unten am Strand, als es wieder angefangen hatte zu schneien und sie sich an mich gekuschelt hat. Ich vermisste ihre Wärme jetzt schon …
Ihr Lächeln und ihr strahlendes Lachen, als sie den Kutter gesteuert hatte, würde ich genauso wenig vergessen wie die zärtlichen Berührungen von ihr, als wir vor dem knisternden Kamin lagen. Ihr Duft

kitzelte immer noch in meiner Nase, wenn ich an ihren wunderschönen Körper dachte, der im flackernden Schein des Feuers zu glühen schien. Und wie sie mich …

„Thies? Wo steckst du denn? Guck mal auf die Uhr, verdammt!" Linda war mit quietschenden Reifen und heruntergekurbeltem Fenster knapp vor mir zum Stehen gekommen. Ihr alter Honda machte schon seit geraumer Zeit ziemliche Zicken, hielt aber trotz ihres gewöhnungsbedürftigen Fahrstils tapfer durch.

„Komm, spring rein, die warten bestimmt schon auf uns!" Tatsächlich war es bereits kurz nach halb zwölf.

„Was hast du denn die ganze Zeit gemacht? Vorhin wolltest du dich doch nur noch kurz umziehen."

Nachgedacht, Linda. Nachgedacht. Über das, was ich bin. Und über das, was ich möchte.

Sie raste los, noch bevor ich die Beifahrertür herangezogen hatte, und zu unser aller Glück kamen wir nur ein paar Minuten später wohlauf am Himmelberger Hafen an, an dem mein Kutter sanft schaukelnd darauf wartete, zwei sich vollkommen fremde Familien näher zusammenzubringen.

Unser Plan ging mehr als auf. Die Erwachsenen genossen die Ruhe und Anna langweilte sich wirklich so sehr, dass sie schon nach knapp zwanzig Minuten bei meiner Mutter auf dem Schoß saß und ihr freudestrahlend davon berichtete, wie viel Spaß es machte, Kastanientierchen zu basteln.

Stefanie unterhielt sich angeregt mit meinem Vater, der zwischendurch immer wieder zu Anna schielte und total entspannt auf der weich gepolsterten Bank im Heck saß.

Linda leistete mir Gesellschaft, wenn sie nicht grade Punsch nachschenkte oder ein Weihnachtslied anstimmte, in das sofort alle einfielen.

Meine Eltern wussten noch nichts davon, dass sie morgen ihre verloren geglaubte Enkeltochter wiederbekamen, und ich hatte ehrlich gesagt auch keine Ahnung, wann ich ihnen davon erzählen sollte.

„Das wird schon alles." Linda hüpfte mit einem großen Satz neben mich und drückte mir eine

Tasse in die Hand.
Manchmal machte mir diese Frau wirklich Angst. Als ob sie Gedanken lesen könnte …

„Iss einen Keks dazu, dann schmeckt der Punsch noch viel besser." Mit einem Augenzwinkern ging sie wieder zu den anderen, die lachend noch näher zusammengerückt waren und sich immer noch angeregt und teilweise wild gestikulierend unterhielten.

❄

Mein Blick fiel auf die braune Tüte mit den Keksen, die Linda mir heute Morgen vorbeigebracht hatte. Warum ich sie mit auf's Boot genommen hatte? Keine Ahnung, vielleicht, weil ich irgendetwas gebraucht hatte, an dem ich mich festhalten konnte. Sie hatte sie mit Josie gemeinsam gebacken. Vielleicht deswegen.
Die rote, herzförmige Kugel leuchtete jedes Mal auf, wenn die Wintersonne ihre zarten Strahlen durch die graue Wolkendecke schickte, und jedes Mal musste ich lächeln.

Ganz kurz nur, aber irgendetwas an diesem Leuchten verursachte ein ganz leichtes Kribbeln in meiner Magengegend. Als ich den festen Knoten im goldenen Band endlich aufgefriemelt hatte, entfaltete sich um mich herum ein wunderbar süßlicher Duft nach Vanille und nach noch einem anderen Gewürz, das mir zwar bekannt vorkam, ich aber absolut nicht zuordnen konnte.

In meiner Tüte waren nur herzförmige Kekse, im Gegensatz zu den letzten Jahren. Linda backte immer für alle, und normalerweise verwendete sie ziemlich viele verschiedene Ausstechformen.

Egal, Hauptsache, sie schmeckten.

Und das taten sie. Schon beim ersten Bissen stieg ein warmes Gefühl in mir auf, das sich ausbreitete und kribbelte und sich so wunderbar anfühlte, dass ich gar nicht anders konnte, als noch ein zweites Herz zu essen. Und ein drittes. Ein viertes. Und plötzlich griff meine Hand ins Leere.

„Du musst es gleich wieder übertreiben“, grinste Linda, die beobachtet hatte, wie ich die Kekse in mich hineingestopft hatte.

„Ging nicht anders“, presste ich mit geschlossenen Lippen hinaus und schluckte die letzten Krümel herunter.

„Ganz ehrlich? Die werden jedes Jahr besser! Es gibt wieder nur eine Tüte für jeden, oder?"

„Nur eine? Das ist ganz schön viel Arbeit, mein Lieber", lachte sie und legte ihre Hand neben meine aufs Steuerrad. „Und glaub mir, eine Tüte reicht."

Auch, wenn ich ihre Meinung in keinster Weise teilte, verstand ich natürlich, was sie damit sagen wollte.

„Klar, wenn jeder so viele bekommt ist das natürlich eine ganze Menge. Danke, Tantchen."

„Nichts zu danken, Thies. Und jetzt mach was draus." Da war er wieder, dieser wissende Blick, den echt nur sie draufhatte.

Und im selben Augenblick wusste ich auf wundersame Art und Weise, was ich zu tun hatte.

ZWÖLFTES KAPITEL

Diese Scheißbaustellen! Ich war noch nicht mal an Berlin vorbei, als mein Handy in der Tasche auf dem Rücksitz klingelte. Schon wieder. In den letzten zehn Minuten hatte es das praktisch ohne Unterbrechung getan. Ich drehte den Lautstärkeknopf des Radios noch weiter nach rechts, bis zum Anschlag, und erst als Chris Rea mich aus den Lautsprechern regelrecht anbrüllte, konnte ich das Klingeln ausblenden. In ein paar Minuten müsste ich sowieso rausfahren, weil die zwei Becher Kaffee, die ich mir vorhin an einer kleinen Tankstelle gekauft hatte, bereits leer waren und ich dringend Nachschub brauchte. Dann würde ich Natalie zurückrufen.

Die Nacht war ja durch unsere Backsession sowieso schon kurz gewesen, und auch die restlichen paar Stunden hatte ich mich nur im Bett herumgewälzt und keine einzige Sekunde geschlafen.

Mit viel Glück und noch mehr Kaffee würde ich

die Fahrt schaffen, ohne für ein Nickerchen anhalten zu müssen.
Driving home for Christmas …
Ach mensch, Herr Rea …
Nein, so fühlte es sich nicht an. Ja, es war Weihnachten und ja, irgendwie fuhr ich auch nach Hause. Mein Herz aber hatte ich da oben an der Küste zurückgelassen.

Während der kurzen Unterbrechung zwischen zwei Songs hörte ich schon wieder das Klingeln von hinten. Meine Güte, was konnte denn bitte so wichtig sein? Hatte der Weihnachtsmannanwalt die Mandarinen vergessen? Oder hatte er vielleicht zu gut getroffen und Natalie war verletzt?
Was auch immer, in zwei Minuten würde ich es wissen. Ich setzte den Blinker und fuhr auf den Parkplatz des Rastplatzes, kramte mein Handy aus der Tasche und entsperrte genervt das Display. Und traute meinen Augen nicht.

Siebzehn Anrufe in Abwesenheit, und alle, bis auf einen von Natalie, von einer einzigen Nummer.

Sechzehnmal stand *sein* Name dort, und noch während ich fassungslos auf's Display starrte, wurden die fünf Buchstaben plötzlich groß. Er rief wieder an, und ohne darüber nachzudenken, drückte ich auf „Annehmen".

„Josie, endlich erreich ich dich! Ich hab mir jetzt schon echt Sorgen gemacht. Du bist sauer, versteh ich, aber bitte hör mir kurz zu."

Ich war sauer?

„Thies, ich bin ..."

„Bitte, nur zuhören, danach kannst du auflegen und ich ruf dich auch nie wieder an, okay?"

Ohne Luft zu holen redete er weiter.

„Mir ist klar geworden, was ich möchte, zu spät wahrscheinlich, ich weiß, aber ich muss es einfach versuchen. Es tut mir leid, wie ich dich gestern behandelt habe, aber ich hab mich so geschämt.

Ich bin doch ihr Vater, und ich hätte schon längst was unternehmen müssen. Und dann kamst du und hast es einfach gemacht, obwohl du mich doch gar nicht richtig kennst! Glaub mir bitte Josie, ich bin dir so dankbar, und auch wenn ich nicht weiß, womit ich das verdient habe, aber ..."

Seine Stimme brach.

„Aber ich hab doch gar…“, stammelte ich, vollkommen überwältigt von dem, was er grade gesagt hatte. Das war genau das Gegenteil von dem, was ich erwartet hatte, und ich wusste überhaupt nicht, wie ich darauf reagieren sollte.

„Ich brauche dich. Ja Josie, ich brauche dich. Wie die Luft zum Atmen, hier bei mir. Für immer.“

Mein Hirn war wie benebelt, und ganz langsam nur realisierte ich, was ich da grade gehört hatte.

Was er gesagt hatte.

Ich brauche dich.

„Hast du zu viel Eierpunsch intus?“ Anders konnte ich mir diese Sinneswandlung absolut nicht erklären. Oder hatte Linda doch recht gehabt? War er gar nicht sauer auf mich gewesen, sondern auf sich selbst?

Sein Lachen wurde mehr und mehr zu einem Schluchzen, und da verstand ich es.

Er meinte das ernst. So ernst, dass er mich angerufen hatte. Ganze siebzehn Mal. Er hatte sich seine Gefühle eingestanden und sie soeben so laut herausposaunt, wie er nur konnte. Ganz leise, aber so laut, dass es unmöglich war, sie zu überhören.

„Josie“, flüsterte er, „kannst du vielleicht wieder

umdrehen?" Und noch bevor ich „Jaa!" ins Handy gebrüllt hatte, raste ich schon die Beschleunigungsspur in die andere Richtung entlang. In die Richtung, die mich wieder zurück zu ihm bringen würde. Was auch immer geschehen würde, ich wäre bei ihm, und er bei mir.

DREIZEHNTES KAPITEL

Diesmal quietschten meine Reifen, und Thies, der nur im T-Shirt und wie Espenlaub zitternd vor seinem Häuschen auf und ab gelaufen war, schaffte es grade noch, rechtzeitig zur Seite zu springen, als mein Wagen die Einfahrt entlangschlitterte. Er riss die Autotür auf und sofort lagen wir uns in den Armen.

Nie wieder würde ich ihn loslassen, und ich war mir ganz sicher, dass er genau das gleiche dachte.

Hand in Hand liefen wir durch den weißgezuckerten Vorgarten, und noch auf den Treppenstufen, die zur Haustür hinaufführten, versanken wir in einem langen, sehnsüchtigen Kuss, der immer intensiver, immer fordernder wurde. Mit dem Rücken drückte er gegen die Holztür, und immer noch eng umschlungen stolperten wir in sein warmes, gemütliches Zuhause. In unser Zuhause.

Wir sanken vor dem lodernden Kaminfeuer auf

den weichen Teppich, sein Gesicht ganz dicht über meinem. Sein Atem an meinem Ohr, und mein Herz schlug immer schneller. Seine großen Hände strichen zärtlich über meine Haut, waren überall, und während er mich mit seinen starken Armen an sich zog, wurde das Kribbeln und Ziehen immer pulsierender, immer stärker. Seine Augen blitzten auf, leuchteten in einem so intensiven Blau, und als wir schließlich schwer atmend nebeneinander lagen, wandelte sich das Blitzen und Funkeln in einen so liebevollen Ausdruck, dass mir schlagartig wieder die Tränen in die Augen schossen.

Ganz behutsam legte er den Arm um mich und zog mich wieder an sich. So vorsichtig, als hätte er Angst, ich würde zerbrechen.

Er griff nach hinten und zog die weiche, rote Decke, die auf dem Sofa gelegen hatte, über uns beide.

Als seine Lippen sanft meine Stirn berührten und er mir den zärtlichsten Kuss gab, den ich mir nur vorstellen konnte, war es um mich geschehen.

Die Schleusen brachen und ich weinte hemmungslos. Vor ihm. Riesige Krokodilstränen rannen mein

Gesicht herab und versanken in den plüschigen Fasern des Teppichs.
Er sagte nichts, sondern hielt mich einfach nur fest. War für mich da. Hielt mich geborgen in seinen Armen und gab mir das Gefühl, dass es nichts Wertvolleres auf dieser Welt gab als mich. Als uns.
Bis ein lautes Klopfen unsere Gefühle und die Stille, die sich so wunderbar richtig angefühlt hatte, durchdrang und immer heftiger wurde. Gleichzeitig schrillte die Türklingel, was sich in Verbindung mit diesem Pochen zu einem ohrenbetäubenden Lärm hochschaukelte.

„Moment", rief Thies und wickelte sich mit einem bedauernden Blick aus der Decke.

„Tut mir leid, aber wenn jemand so nervt, dann ist vielleicht was passiert."

„Alles gut, geh ruhig gucken."

Er schlüpfte in seine Jeans und brauchte kurz, bis er das Kopfloch seines T-Shirts fand. Leise machte er hinter sich die Wohnzimmertür zu, damit ich mich unbehelligt ebenfalls wieder anziehen konnte. Grade, als ich mein Höschen über die Oberschenkel gestreift hatte und versuchte, im

Schein des fast ausgegangenen Feuers meine Hose und den Pulli zu finden, wurde die Tür wieder aufgerissen und Linda stand mit sperrangelweit geöffnetem Mund vor mir.
Thies, der sich an ihr vorbeigequetscht hatte, machte ein entschuldigendes Gesicht und versuchte, sich rasch in ihr Blickfeld zu stellen.

„Äh, hi“, begrüßte ich sie mit einem schiefen Grinsen. Bei niemand anderem hätte ich mir die Missachtung jeglicher Privatsphäre besser vorstellen können als bei ihr, und das Schlimmste daran war, dass ich ihr nicht einmal böse sein konnte, weil ich genau wusste, dass einfach nur ihre überdurchschnittliche Neugier gesiegt hatte.
Ich hatte mir grade noch die Decke vor den Körper halten können, bevor sie hereingestürmt war, doch natürlich wusste sie trotzdem ganz genau, was hier grade passiert war.

„Linda, ich hab doch gesagt, dass …“, versuchte Thies, sie wenigstens zum Umdrehen zu bewegen, doch er wurde jäh von ihr unterbrochen.

„Oookay, eigentlich hatte ich ja nur vor, dir zu sagen, dass Amy -ihre bescheuerte Mutter lassen wir mal außen vor- heute schon landet, Josies Freundin hat bei mir angerufen, weil sie ja nicht an ihr Telefon gegangen ist. Bei dir war erst ständig besetzt und dann hast du auch noch dein Handy ausgeschaltet." Ihr Blick wurde vorwurfsvoll, doch selbst dabei konnte sie nicht verbergen, dass sie grade ziemlich glücklich über das war, was sie hier vor sich sah.

„Also bin ich aus meiner schönen, warmen Wohnung ins eiskalte Auto gestiegen und mit nicht funktionierenden Scheibenwischern, die du dir ja schon längst mal angucken wolltest, durch dieses unsägliche Schneegestöber bis hier raus gefahren. Auf der nicht geräumten Straße, wohlgemerkt. Und was sehe ich da, als ich endlich ankomme?" Ihr Blick wanderte von Thies zu mir, die ich immer noch leicht verzweifelt Ausschau nach meinen Klamotten hielt.

„Dein Auto." Der ganze Raum schien durch sie zu strahlen.

„Ich weiß ja, dass die Kekse wirken, tun sie immer, aber dass sie *so* gut sind …" Kopfschüttelnd machte sie ein paar Schritte, bückte sich und drückte mir meine Jeans in die Hand.

„Willkommen zurück, Josie."
Und an Thies gerichtet, der ungläubig und mit vor der Brust verschränkten Armen immer noch im Türrahmen stand: „Und jetzt macht hinne, nicht dass diese schreckliche Frau die Kleine gleich wieder mitnimmt!"
Sie drehte den Arm, um auf ihre Armbanduhr zu gucken. „Ihr habt noch genau zwei Stunden Zeit, das könnte knapp werden."

VIERZEHNTES KAPITEL

Die ganze Fahrt über dudelten Weihnachtslieder im Radio, wir jedoch schwiegen die meiste Zeit. Es war kein negatives Schweigen, eher im Gegenteil. Immer wieder schielte Thies lächelnd zu mir, und als ich meine Hand auf seinen Oberschenkel legte, hoben sich seine Mundwinkel sofort noch ein kleines Stückchen höher.

Er hatte mich gefragt, ob ich mitfahren könnte, und natürlich hatte ich ja gesagt. Wenn er sich dann sicherer fühlte, würde ich ihn bis ans Ende der Welt begleiten.

Ein für ihn so wichtiger Moment, und er wollte, dass ich dabei war …

Natürlich standen wir im Stau und auch die zahlreichen Baustellen trugen nicht grade dazu bei, dass wir pünktlich in Hamburg am Flughafen eintrafen. Genaugenommen waren wir eine halbe

Stunde zu spät, und da das Flugzeug ein bisschen früher gelandet war als planmäßig erwartet, standen Amy und ihre Mutter inklusive ihrer zahlreichen Koffer schon draußen vor dem Ankunftterminal.
Das kleine Mädchen tanzte mit zur Seite ausgestreckten Armen im Schneefall und streckte immer wieder das rote Gesichtchen weit nach hinten, um mit geöffnetem Mund eine Flocke zu erwischen.

Thies war unglaublich angespannt, als wir uns auf den Weg zu den beiden machten.
Ich hielt seine Hand ganz fest in meiner und drückte sie, und ich glaubte zu sehen, dass ihm das ein winziges Bisschen mehr an Sicherheit gab.
Die Begrüßung fiel eher nüchtern aus und nicht so, wie ich es mir für ihn gewünscht hätte. Also kein in die Arme-fliegen, durch die Luft wirbeln und so etwas. Aber natürlich waren fünf Jahre eine verdammt lange Zeit, und mit großer Wahrscheinlichkeit wusste Amy überhaupt nichts mehr von ihm. Zumal ihre Mutter mit Sicherheit nicht dazu beigetragen hatte, ihn in ihrer Erinnerung behalten zu können.
Thies und seine Exfreundin gaben sich kurz die

Hand, und während ich sie schließlich begrüßte, ging Thies vor Amy in die Hocke und zog hinter seinem Rücken ein weißes, fluffiges Plüscheinhorn hervor. Die Kleine strahlte erst das Kuscheltier und dann ihn an, und damit war das Eis zwischen den beiden gebrochen.
Sie wollte unbedingt vorne neben ihm sitzen, und natürlich durfte sie das auch. Die Sitzerhöhung reichte aus für ihre Größe und so stand ihrem Wunsch nichts im Weg. Dafür musste ich mich auf der Rückbank mit seiner Ex begnügen, der ich gleich bei der ersten Gelegenheit brühwarm erzählte, wie erfolgreich und gefragt Thies mittlerweile mit seinen Kutterfahrten war. Und dass ich BWL studiert hatte, seit geraumer Zeit im Marketing tätig war und wir das Ganze gemeinsam im neuen Jahr so richtig groß aufziehen würden.
Ich hätte mich über Thies' Blicke im Rückspiegel totlachen können und musste mich wirklich zusammenreißen, um ernst zu bleiben.
Papa und Tochter blödelten herum und erzählten sich Witze, und ab und zu wurden glücklicherweise auch wir mit einbezogen und spielten Kennzeichenraten oder *Ich sehe was, was du nicht siehst*.

Wir hatten beschlossen, nicht gleich zu Thies ins Haus zu fahren, sondern für's Erste bei Linda in der Pension zu bleiben. Das war nicht zu privat und außerdem wollte er nicht, dass Clara zu ihm nach Hause käme.

„Das ist jetzt auch dein Zuhause, da hat sie absolut nichts drin verloren", hatte er mir ins Ohr geflüstert.

Auch Linda verstand sich auf Anhieb mit Amy, welche ihre Großtante sofort in ihr kleines Herz geschlossen hatte. Das Mädchen half ihr dabei, eine riesige Portion heiße Schokolade für alle zu kochen und als Linda die Tassen befüllt hatte, streute sie lachend viel zu viele Minimarshmallows darauf und steckte überall mindestens zwei Zuckerstangen hinein.

Wir saßen alle unten im warmen Speisezimmer um den Tisch herum und grade, als Thies seine Tochter fragte, ob sie mit ihm einen Schneemann bauen wollte, stand seine Exfreundin auf und zog ihn mit sich ins Nebenzimmer.
In mir schrillten ganz leise die Alarmglocken, doch natürlich hatten die beiden eine Vergangenheit und ein gemeinsames Kind, da gab es mit Sicherheit noch einiges zu bereden. Dass sie das nicht hier vor uns tun wollte, konnte ich verstehen. Linda rief währenddessen Thies' Eltern an und lud sie zum Nachmittagskaffee ein, warnte sie aber auch gleich vor, dass es eine riesige Überraschung für sie geben würde.

„Nicht, dass sie noch einen Herzinfarkt bekommen", zwinkerte sie mir zu und setzte sich wieder zu mir und Amy, um bei der neuen Partie *Mensch ärgere dich nicht* mitzuspielen.

Die Stimmen im Nebenzimmer wurden immer lauter, was nicht nur ich beunruhigt zur Kenntnis nahm. Linda fing ebenfalls an, auf der Bank hin und her zu rutschen und wir warfen uns ganz verstohlene Blicke zu, damit Amy möglichst nichts

von dem Streit zwischen ihren Eltern mitbekam. Kurz darauf betraten beide wieder das Zimmer und setzten sich zu uns. Ihre Mienen waren verschlossen, Clara presste ihre Lippen fest aufeinander und Thies sah aus, als hätte er grade eben einen Boxkampf gewonnen. Irgendwie zufrieden, allerdings auch mit einigen Blessuren. Innerlichen, denn äußerlich sah man ihm nichts an. Wenn man nicht allzu genau hinsah zumindest.
Er bedeutete mir, dass er mir später alles erzählen würde, und ich nickte.

Pünktlich um vier trafen seine Eltern ein, und schon als sie in ihren Winterjacken durch die Tür traten, waren sie vor Aufregung ganz außer Puste.

„Hallo allerseits!“ Sein Vater winkte in die Runde und begrüßte uns alle mit einem herzlichen Lächeln, wobei er gespannt von einem zum anderen guckte. An Amy blieb er hängen, und grade, als er seinen Mund ungläubig wieder öffnete, schrie Thies' Mutter auf.

„Amy, das ist doch unsere Amy! Sieh nur Dieter, die blonden Locken, und die Augen!“
Sie heulte wie ein Schlosshund und kletterte über

mich und Thies hinweg, um ihre Enkeltochter endlich freudestrahlend in die Arme schließen zu können. So schnell wir konnten standen wir auf, damit auch der überglückliche Opa seiner Enkelin Hallo sagen konnte.
Glücklicherweise war Amy ein sehr offenes, lustiges Kind, dem der ganze Trubel um ihre Person überhaupt nichts ausmachte. Sie wusste, wer die ganzen Leute waren und verstand auch, warum die Frau, die ja ihre Oma war, sie partout nicht wieder loslassen wollte. Also schlang sie kurzerhand ihre kurzen Ärmchen um sie und knuddelte sie einfach zurück, woraufhin die Oma sofort erneut in Tränen ausbrach.

Als sich alle bei einer Tasse Kaffee und einem Stück des besten Schokolade-Zimt-Kuchens von ganz Himmelberg wieder beruhigt hatten, ergriff Linda das Wort.

„So, wollen wir zusammen zur Kirche gehen?“
Ach herrje, Kirche? Ich hatte mit Gott absolut nichts mehr am Hut und auch schon seit mindestens zwanzig Jahren keine Kirche mehr von innen gesehen. War das wieder dieses Getue, das ich an Weihnachten so hasste? Wir können das ganze Jahr

über blöde Sachen machen, und wenn wir dann an Heiligabend in die Kirche gehen, wird uns alles vergeben? Dieses Reinwaschen?

„Äh, Linda, ich glaube, ich geh nicht mit. Das ist nichts für mich. Ich könnte ja schon mal …"

„Nichts da, natürlich kommst du mit!"

Hui, so resolut kannte ich sie ja gar nicht.

„Wir sind doch jetzt eine Familie, oder etwa nicht?"

„Das ist total lieb von dir, aber ich glaube nicht an Gott. Und wir können ja auch eine Familie sein, wenn ich schon mal die Sachen für's Fondue schnipple, oder?"

Thies grinste. „Das ist keine normale Christmesse, Josie. Es singt ein Gospelchor und alles ist einfach nur wunderschön und wirklich besinnlich. Und Fondue? Hier gibt's Würstchen und Kartoffelsalat!"

OH NEIN. Davon hatte ich gelesen, das war in Ostdeutschland ja schon früher sehr verbreitet und mittlerweile aßen das auch ganz viele Leute überall in Deutschland, aber ich konnte weder Kartoffelsalat, noch Würstchen leiden.

Und das dann auch noch an Weihnachten? Da kam ja Stimmung auf …

„Oh, bei uns gab es früher immer Fondue, und ich dachte, dass … Oh je. Kirche und Würstchen. Vielleicht hätte ich doch nicht umdrehen sollen“, murmelte ich, musste aber dann doch selber über meine Worte schmunzeln. Spielte das alles denn wirklich eine Rolle?

„Weißt du was? Wir beide fahren jetzt schnell einkaufen und holen die Sachen, die du für dein Fondue brauchst und die anderen können ja eine Schneeballschlacht machen oder rüber ins Wildgehege fahren. Und in die Kirche gehen wir einfach heute Nacht, um zehn ist doch auch noch eine Messe, oder?“ Thies schenkte mir sein zuckersüßes Lächeln und rückte noch näher an mich heran. Linda zögerte, doch schließlich nickte sie zustimmend.

„Thies, so machen wir das. Wird Zeit, dass wir alle auch mal einen Kompromiss eingehen. Hast recht.“ Und an mich gerichtet fügte sie zwinkernd hinzu: „Soll sich ja jeder wohlfühlen. Und vielleicht probier ich dein Fondue auch mal.“

*

„Sag mal, was war denn eigentlich vorhin los? Da im Nebenzimmer, über was habt ihr denn gestritten?“ Ich musste es einfach wissen, schließlich ging es um Thies, und er hatte danach nicht sonderlich glücklich ausgesehen.

„Ach, das war total belanglos.“ Er konzentrierte sich auf die Straße, die zwar geräumt war, auf die der Wind aber in unregelmäßigen Abständen immer wieder Schneeböen wehte.

„Komm schon, magst du's mir nicht erzählen?“ Mein Hundeblick, den ich in meinem früheren Leben perfektioniert hatte, wirkte scheinbar, denn er musste lachen.

„Du Quatschkopf, ehrlich. Also gut. Es ging nur darum, dass sie mich zurückhaben will.“

„Bitte was?!“ Ich kreischte so laut auf, dass er im Affekt voll auf die Bremse trat, wir nach vorne geschleudert wurden und er das Auto grade noch am Graben vorbei steuern konnte.

„Alter Schwede, Josie! Das hätte echt schief gehen können!“

„Sag mal, spinnt die jetzt komplett? Erst verlässt sie dich, dann enthält sie dir fünf Jahre lang dein Kind und jetzt will sie dich zurück? Ich glaub, mein Schwein pfeift!“

Wieder lachte er. Er lachte! Unglaublich!

„Was gibt's denn da zu lachen, verdammt nochmal? Du, ich find das echt nicht witzig.“

Beschwichtigend hob er die Hände, was nichts ausmachte, da wir immer noch auf dem Grünstreifen neben der Landstraße standen.

„Josie, du bist ja selbst schuld. Hättest du nicht …“

„Spinnst du jetzt auch?! *Ich* bin schuld? *Ich?* Du weißt schon, dass …“

„Jetzt lass mich doch mal ausreden! *Du* hast ihr doch gesagt, dass ich jetzt total erfolgreich bin, daraus hat sie scheinbar geschlossen, dass ich einen Haufen Kohle hab und naja, jetzt will sie mich eben wiederhaben.“ Immer noch grinsend zuckte er mit den Achseln.

„So ist sie eben. So war sie damals und so wird sie wohl auch immer sein. Aber du musst dir überhaupt keine Sorgen machen. Ich bin mit *dir* zusammen und hab auch nicht vor, das zu irgendeinem

Zeitpunkt zu ändern."

Wie peinlich. Ich baute hier einen Aufstand, obwohl sie ja nur genau so reagiert hatte, wie es von mir beabsichtigt gewesen war.

„Ähmja, dann tut's mir natürlich leid."

„Schon gut, mein Schatz. Aber dafür darf ich deine Expertise in Sachen Marketing wirklich in Anspruch nehmen, ja?"

Hach, dieses verschmitzte Lausbublächeln würde mich eines Tages noch um den Verstand bringen.

„Ich werde ein paar Bücher über dieses Thema lesen, dann gerne. *Mein Schatz.*" Die letzten beiden Wörter betonte ich extra, was ihn dazu verleitete, sich zu mir zu beugen und mir einen dicken Kuss auf den Mund zu drücken.

„Ich seh schon, wir sind ein tolles Team", raunte er mir ins Ohr, mit einem Blick, bei dem ich mir augenblicklich wünschte, wieder vor seinem Kamin zu liegen. Doch bevor ich diese Gedanken ausweiten konnte, legte er den Rückwärtsgang ein und startete den Motor.

„Also los, dein Fondue wartet. Vielleicht ess ich da auch was von. Wenn ich darf."

„Alles, was du möchtest, Thies."

FÜNFZEHNTES KAPITEL

Der Heilige Abend in diesem Jahr war so besonders, dass er definitiv in unsere Geschichte eingehen würde. Nicht nur wegen den äußeren Umständen -es war ja schließlich nicht alltäglich, dass Amy hier in Himmelberg mit uns feierte und außerdem standen auch Stefanie und Anna vor der Tür, als wir uns vor dem Essen noch eine Schneeballschlacht bei Thies im Garten liefern wollten. Sie waren sofort Feuer und Flamme und in Sekundenschnelle mitten drin im Getümmel, und es war einfach nur wunderschön, ihnen allen dabei zuzusehen.

Uns allen.

Ja, wir hatten beschlossen, bei Thies zu feiern. Die Fronten zwischen ihm und seiner Exfreundin waren endgültig geklärt und Amy sollte ihr erstes bewusstes Weihnachten mit ihrem Papa auch „richtig“ feiern dürfen.

„Außerdem haben wir es dann heute Nacht nicht

mehr so weit bis vor den Kamin", flüsterte er mir ins Ohr, was mich schlagartig erröten ließ und ihn zum Grinsen brachte.

Wir lachten und rannten uns hinterher, um uns mit riesigen Schneebällen abzuwerfen, schlitterten kreuz und quer über den zugefrorenen Teich im Garten hinter dem Haus und rasten -in Ermangelung eines Schlittens- auf Einkaufstüten den kleinen Berg hinunter.

Thies hatte natürlich keinen Baum besorgt, weil ja alles eigentlich ganz anders geplant war, also schmückten wir einfach die große Tanne vor seiner Terrasse. Alle halfen mit, und in kürzester Zeit erstrahlte der sowieso schon majestätisch anmutende Baum in hellem Lichterglanz.
Der ganze Garten wurde in ein wunderschönes, romantisches Licht getaucht, in dem die Schatten der anderen Bäume und Büsche vor der weißen Winterwunderwelt tanzten.
Der hohe Schnee glitzerte und funkelte, und als wir alle gemeinsam vor der Tanne standen und unser vollendetes Werk bewunderten, legte sich eine

wundervolle Ruhe auf uns. Andächtig rückten wir alle näher zusammen. Jeder machte einen Schritt auf seinen Nebenmann zu, bis wir so dicht beieinanderstanden, dass wir die Kälte nicht mehr spürten. Im Gegenteil, uns allen wurde ganz heimelig und warm. Die Mädchen standen mit vor Staunen offenen Mündern und roten Näschen zwischen uns, und der ganze Moment schien magisch. Wie verzaubert.

Die Tannenspitze neigte sich tief zu uns herunter und schien uns genauso nahe sein zu wollen wie wir einander. Die Bänder der dunkelroten Schleifen überall in ihren Zweigen flatterten mit dem Wind und fast sah es so aus, als würden die kleinen Strohengel, die in den Tannenzweigen hingen, ihre Flügelchen ausbreiten, um weit in die Welt hinaus zu fliegen und ihren Zauber überall zu verbreiten.

Diese Ruhe, die sich über die schneebedeckte Landschaft gelegt hatte, wurde nur unterbrochen vom leisen, rhythmischen Rauschen der Wellen, das über die Dünen zu uns getragen wurde.
Von ganz fern klang feierliches Glockengeläut und als ein jeder von uns die Hand des anderen ergriff, fingen Amy und Anna gleichzeitig, als hätten sie sich dazu verabredet, mit ihren hellen, klaren Stimmen an, die ersten Zeilen von *Stille Nacht* zu singen.
Meine Knie wurden weich, als wir alle mit einstimmten. Als wir das, was Weihnachten für uns bedeutete, zusammen in die dunkle, stille Nacht hinaustrugen. Thies hielt mich fest im Arm und ich schmiegte mich noch viel näher an ihn.
Auf seiner anderen Seite lag Amys kleine Hand in seiner großen, und seine Eltern hatten diesen Glanz in den Augen, den man nur bei Menschen sehen konnte, die von innen heraus strahlten. Die glücklich waren. Und das waren sie. Genau wie Thies und Amy. Und ich.

Als ich mein Gesicht zum Himmel hob, erstrahlte weit oben am Firmament direkt über uns ein Stern.
So hell und so strahlend wie kein anderer.
Und ich wusste, es war in Ordnung.
Ich war endlich zu Hause.

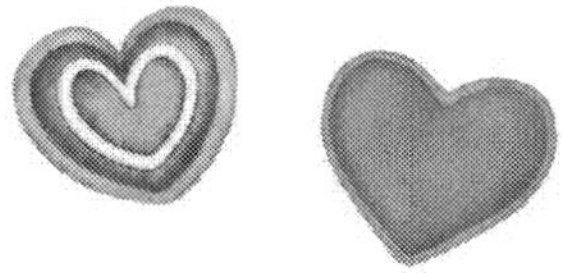

Lindas Kekse

300 g Mehl
200 g Butter oder Margarine
100 g (Puder-)Zucker
eine halbe, ausgekratzte Vanilleschote

Alle Zutaten gut miteinander verkneten, den Teig zu einer Kugel formen und eine Stunde im Kühlschrank ruhen lassen.
Anschließend auf einer mit Mehl bestäubten Arbeitsfläche ausrollen.
Kekse ausstechen, auf ein mit Backpapier belegtes Blech legen und bei 160 Grad Umluft so lange backen, bis sie einen sanften, goldenen Farbton zeigen.

Achtung, da der Teig kein Ei enthält, sind die Kekse sehr mürbe und -in warmem Zustand- zerbrechlich, dafür aber geschmacklich sooo lecker!

Lindas Geheimzutaten:

Spaß beim Backen, gute Musik und eine Extraportion Liebe

Playlist für die Weihnachtszeit

Stille Nacht, heilige Nacht

Blake Shelton	Home
Band Aid	Do They Know It's Christmastime
Garth Brooks	Last Night I Had The Strangest Dream
Leona Lewis	One More Sleep
A Silent Film	Christmas At Our House
Jennifer Nettles	O Holy Night
Chris Young	It Must Be Christmas
Ashley Monroe	Tennessee Christmas
LeAnn Rimes	Put A Little Holiday In Your Heart
Alan Jackson	Let It Be Christmas
Chris Rea	Driving Home For Christmas
Cliff Richard	Mistletoe & Wine
Pentatonix	Hallelujah
Ed Sheeran	Merry Christmas
Coldplay	Christmas Lights
Bing Crosby	White Christmas
Bruce Springsteen	Santa Claus Is Coming To Town
David Essex	A Winter's Tale
Andy Williams	The First Noel

Wir dürfen niemals aufhören, an Wunder zu glauben.

Eine zauberhafte und wundervolle Weihnachtszeit für dich und all diejenigen, die dir wichtig sind!

Deine Rieke

Impressum:

Schreibmalwieder

c/o Rieke Kief

Unter der Burg 3

91174 Spalt

rieke.kief@gmx.de

Printed in Poland
by Amazon Fulfillment
Poland Sp. z o.o., Wrocław

62261944R00104